ELITE
精英
[作者]三月みどり
[原作／監修]Chinozo
[插畫]アルセチカ
Kadokawa Fantastic Novels

星蘭高中入學典禮
（……好，
我還是快點回家吧……）
（綾瀨咲）

「好久不見！綾瀨同學！」
七瀨玲奈

「妳認為所謂的
『活著』是怎麼一回事呢？」
（乙葉依櫻）

「噢，羅密歐！羅密歐！」

（阿久津篤志）

CONTENTS

精英
ELITE
〔作者〕三月みどり
〔原作／監修〕Chinozo
〔插畫〕アルセチカ
Kadokawa
Fantastic Novels

前　言

非常感謝各位購買《精英 ELITE》。

繼上一部作品繼續購買本系列的讀者，感謝您的支持。首次購買本系列作品的讀者，幸會，歡迎來到Chinozo小說的世界。

我是個平常會創作樂曲的「VOCALOID Producer」，本作是承蒙三月老師以Chinozo樂曲為基礎編寫出來的衍生作品。

對於把樂曲世界具體反映到小說世界的三月老師，我感到抬不起頭。

話說，不曉得各位讀者對模範生有什麼看法。

這次的第三部作品《精英 ELITE》的主角，是在《再見宣言》以同班同學身分登場過的「綾瀨咲」。

她經歷一番波折，不得不成為模範生。

本作將揭曉綾瀨的過去和《再見宣言》幕後的故事。看完本書後，我就不由自主地喜歡上綾瀨這個角色了。

希望各位可以閱讀本書，實際體會她對於真正喜歡的事物認真思考，還有如何面對各種內心矛盾與摩擦。

此外，就跟上一部作品一樣，本書的內容是跟樂曲的世界觀截然不同的衍生作品，希望各位讀者可以在這樣的前提下享受本作！

那麼，請大家務必多多支持《精英ELITE》。

[原作／監修]Chinozo

[彩頁／內文插畫] アルセチカ

○序章

妳認為所謂的「活著」是怎麼一回事呢？

某個少女問了我這樣的問題。
老實說，我心想她突然是在說些什麼啊。
因為在她提出這個問題前，我們一直在聊完全不同的話題。
雖然感到困惑，我還是對她的問題給出了幾個答案。

活著就是心臟在跳動；在呼吸；還有就是……會害怕死亡。

……可是，這些答案似乎都不對，只見她搖了搖頭。
是哪裡不對呢？就算找其他人來回答，答案也是大同小異吧。
不過，她筆直注視著我，將她的想法化為言語。

所謂的「活著」是——

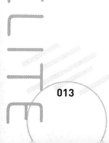

第一章　天才童星

我——綾瀨咲是個可愛的小學二年級生。我有一頭漂亮的長髮、閃亮亮的大眼睛、迷人的小嘴、偶像般的容貌。我覺得自己真的很可愛。

光是這麼可愛的外表，都覺得可能是神送給我的禮物了，想不到神居然還送了我另一樣禮物——就是這個！

「大哥哥，您打算殺了我嗎？」

我在陌生的房間裡被綁住手腳，強制坐在椅子上。

眼前有一個看來很凶狠的大哥哥架著槍。好像是流氓？的樣子。

換句話說，我目前正遭到綁架。

「沒錯。畢竟照這樣下去，我說不定會被逮捕啊。」

「但是，殺掉我應該會讓大哥哥被捕的可能性變得更高吧？」

「是……是沒錯啦……哎，妳真吵耶。妳又想設計我了對吧。」

「我沒那個意思喲……沒辦法呢。您想開槍的話，就請便吧？」

被我的挑釁激怒的大哥哥打算對我開槍——但子彈沒有出來。

「咦……為……為什麼？」

「答案很簡單喲。因為我把子彈都抽出來了。」

「妳……妳什麼時候……！慢著，而且妳自己掙脫了！」

我一獲得自由，大哥哥便慌張不已。

看到這樣的大哥哥，我呵呵一笑，這麼說了：

「又是我贏了呢，大哥哥。」

神送給我的另一樣禮物。

就是非常聰明的腦袋——其實不是，而是非常出色的演技。此刻我正在扮演的角色是一個IQ180?的聰明大小姐……我很快就完美詮釋了這個聰明大小姐的角色。

所以現在全日本的觀眾都稱呼我為天才童星。

甚至沒有人聽到綾瀨咲這個名字還不知道是誰的。

順帶一提，我以大小姐身分登場的這部連續劇似乎叫作《大小姐與流氓》，要說是怎樣的故事……我也不是很懂，而且老實說很無聊。

但是，聽說託我的福，這部連續劇大受歡迎！我沒有說謊喔，導演也說過：「坦白說故事沒有多吸引人，但託了小咲的福，很受歡迎喔。」那時我回了：「沒那回事啦～」但還是忍不住會這麼想——

我果然是個天才！

「今天也非常謝謝大家！」

地點是攝影棚。那天的拍攝結束後，我很有禮貌地向其他人一鞠躬。

「小咲，妳今天的演技也棒呆嘍～」一個叔叔心情很好似的這麼對我說道。

這個人就是岡本大輔先生，是《大小姐與流氓》的導演。

「謝謝您的讚美！這都是多虧有岡本導演您的指導！」

「我什麼都沒做。應該說，是有人教妳要這麼說的吧？」

「沒那回事喲～」

我露出笑容這麼回應，於是岡本導演難掩喜色地說著：「真的嗎～？」

從開始拍攝後就是這樣，這個人好像對可愛的我很著迷。

真不愧是我！正當我這麼心想時，後方傳來叩叩的腳步聲。

我轉頭一看，只見那裡有個比我還要迷人且漂亮的女性。

第一章　天才童星

「媽媽！」

這個漂亮的女性是我的媽媽——綾瀨靜香。

我立刻飛奔到媽媽身旁。

「咲，辛苦了。」

「嗯！媽媽，我今天的演技怎麼樣？」

「非常出色喔。」

「真的嗎？太棒了！」

我開心地擺出萬歲的姿勢，於是岡本導演說：「比我稱讚她時還要開心呢。」這是當然的吧。雖然岡本導演好像是很有名的導演，但我又不是很懂那方面的事情。比起被那種人稱讚，被媽媽稱讚會讓我更開心一百倍！

「岡本導演，小女今天也承蒙您關照了。」

「哪兒的話，受到關照的是我們才對。多虧有小咲，這部連續劇才勉強算得上好看。」

「這是因為有導演您讓咲能開心地演戲，非常謝謝您。」

媽媽這麼向導演道謝，接著姿勢端正地一鞠躬。

然後媽媽跟岡本導演聊了一會後，向工作人員還有跟我一起演戲的演員們打招呼。當然，我也跟媽媽一起向大家打招呼。

來到拍攝地點還有要打道回府的時候，媽媽跟我一定會這麼做。
根據媽媽的說法，這麼做可以讓導演、工作人員和演員們對我有好感，會想在下次工作也找我一起參加，或是向相關人士？推薦我之類。
我覺得就算不這麼做，身為天才童星的我也會接到很多工作就是了。
「辛苦了，小咲。」「辛苦了。」「下次再麻煩妳嘍，小咲。」
向工作人員和演員們打完招呼後，我準備要回家時，這次換工作人員和演員們面帶笑容地對我這麼說了。
「大家辛苦了～～！」
最後我又一次可愛地向大家打招呼，然後跟媽媽一起離開了攝影棚。
看來大家都迷上我了。畢竟我這麼會演戲，外表又可愛得不得了，我真是個有罪的女人呢。
離開攝影棚後，媽媽開車載我回家。
我大概是從中午開始工作，所以外面已經完全天黑了。
「咲，拍攝前我交代妳的事情，妳有好好完成嗎？」
「嗯，有喔！我有好好跟岡本導演說都是託他的福！」

「是嗎？岡本導演的小孩跟妳同年，所以只要妳稱讚他一下，他就會很疼妳喔。而且這也可能會替妳帶來下一次的工作。」

「哦～～這樣呀。」

「妳做得很好。妳很了不起喔，咲。」

「嗯！」

媽媽又稱讚我了。媽媽似乎是個很酷？的人，雖然她不太常笑或哭，但只要我完成她交代的事或演戲演得很好，她就會好好地稱讚我。

而且我能當上童星，都是託媽媽的福。

那是在我五歲的時候。媽媽替我報名了童星的選秀活動，我靠著神給我的可愛外表與超強演技通過試鏡，成功當上了童星。而且因為媽媽幫了我很多忙，我從第一份工作開始就不會緊張，能表現出高超的演技，立刻就變成廣受大家喜愛的當紅童星。

所以我對媽媽滿懷感謝，也非常喜歡媽媽。

「對了，媽媽，友香人呢？」

我因為閒著沒事做，便稍微擺動雙腳，同時這麼詢問媽媽。

友香是我所屬的經紀公司——「愛麗絲」的經紀人。

從我出道成為童星以來就一直擔任我的經紀人。

「筒井小姐因為必須調整妳的工作行程，先回去經紀公司了。好像接到了數不清的通告呢。」

「那表示我很厲害嗎？」

「對呀。妳真的很努力呢，咲。」

聽到媽媽這麼說，我開心得忍不住嘴角上揚。

今天被媽媽稱讚了三次。我今後也要努力當個天才童星。

「然後啊，咲，關於妳今天的演技……」

「嗯，我演得很棒對吧？」

「對，妳演得很棒喲。可是，媽媽覺得如果妳能用更自然一點的感覺表現出大小姐般的舉動和用詞，應該會更好。所以說，媽媽去買了很多有大小姐登場的劇，回家後就跟媽媽一起觀賞吧。」

「咦……嗯……我知道了，媽媽。」

只要我好好努力，媽媽就會稱讚我……但是，媽媽有時候也有一點嚴格。

不過，媽媽這麼做都是為了我著想，所以我也得更加努力才行。

畢竟我可是天才童星嘛！

◇◇◇

雖然我是個很受歡迎的童星，但平常是普通的小學二年級生。

所以沒有工作的日子就會跟其他小孩一樣去上學。

然後不用工作的今天，我久違地去了學校。

「啊！小咲！」

我一進教室，注意到我的同班女生便呼喚我的名字。

於是其他同班同學也接連看向我。

「好久不見了呢！小咲！」「是綾瀨耶！」「妳又去拍連續劇？了嗎？」

同班同學一個接一個靠近我這邊。

現在是國民偶像的我，當然也非常受同班同學歡迎。

我偶爾來學校，就會立刻像這樣被人群包圍。

「我看了那部叫《大小姐與流氓》的連續劇嘍！小咲妳超會演戲的！」

這麼稱讚我的是惠美。她是在班上受歡迎程度僅次於我的女生。

「謝謝妳。不過，那種程度對我來說是理所當然喲。」

「這樣呀，小咲妳真厲害呢！而且那部連續劇非常熱門對吧！」

「嗯。在目前播放的連續劇中，熱門程度是數一數二的。」

我這番話讓惠美佩服地表示：「真厲害呢～～！」雖然連續劇會這麼熱門都是託我的福啦。

接著我跟其他同學閒聊了一下後，便走向自己的座位。

「早……早啊，小咲。」

我一到自己的座位，隔壁就傳來一個軟弱的聲音。

我看向隔壁座位，那裡坐著一個感覺跟聲音一樣軟弱的男生。

「早呀，篤志。」

我也打招呼回應，於是那個男生視線左右飄移，不知所措。

真是夠了。明明是他先主動打招呼的，搞什麼呀。

看起來就很軟弱的他，名叫阿久津篤志。

因為我們兩家住很近，我從還在坐嬰兒推車時就認識他了，換句話說，他是我的青梅竹馬。

「篤志你今天也像個柔弱少女耶。」

「我……我才不是少女……」

「不，你一定就是少女。以後我就叫你篤志妹妹好了。」

「別……別那樣叫我啦。」

篤志一副快哭出來的樣子。我就是在說他這種地方很像少女啦。

哎，但從我們認識時，他就是這種感覺了，所以我已經不在意就是了。

「欸……欸，小咲。」

「有什麼事嗎，篤志妹妹？」

「咦咦！妳真的要那樣叫我嗎……？」

「開玩笑的啦，我只是逗你一下而已。所以，怎麼了嗎，篤志？」

「呃，那個……我說，今天啊，如……如果可以，跟我一起——」

他話說到一半時，教室的門突然打開了。

「大家回座位坐好嘍～～」級任導師走了進來，這麼提醒班上同學們。

大概有十個人在抱怨：「咦～～」或是「太快了吧～～」但被老師念了之後，那些人就立刻回到自己的座位坐好。哎呀呀，這個班級還真多小朋友呢。

……啊，這麼說來，我跟篤志剛剛才說到一半。我這麼心想，看向隔壁座位，只見篤志筋疲力盡地趴倒在桌上。

他原本究竟是想說什麼呀？……不過，我隱約可以猜到就是了。

之後開始進行班會，久違的校園生活隨之展開。

「總覺得……學校好無聊喔。」

◇◇◇

上完一整天課的放學後。我一邊準備回家，一邊這麼喃喃自語。

雖然久違地來上學，卻沒有什麼特別開心或有趣的事情。

下課時間跟朋友一起玩的確很快樂……但總覺得哪裡不夠。

比起這些，在工作時表現出高超的演技，被導演、工作人員和一起演出的演員們誇獎好厲害要快樂多了。而且被媽媽稱讚的話會更快樂，也很開心！

對了，回家之後得跟媽媽一起觀賞有大小姐登場的連續劇。雖然已經看了幾部，但有很多人的演技值得參考，而且感覺觀賞更多戲，我的演技也一定能更上一層樓。

「小咲！一起回家吧！」

在我思考許多事情時，惠美露出燦爛的笑容走近我。

雖然比不上我，她還挺可愛的嘛。

「我也想跟小咲一起回家！」「我也要！我也要！」

跟惠美很要好的兩人也舉手說道。今天沒有工作，能跟她們一起回去。

——不過……

我瞄了一下隔壁。明明已經放學了，卻有個軟弱的男生一直坐在座位上。而且他已經好幾次一下偷看我，一下又裝沒事。

……真是的，拿他沒辦法。

「對不起，我已經跟其他人約好要一起回家了。」

「咦～這樣呀。那還真可惜。」「真可惜呢。」「對呀～」

我這番話讓惠美她們露出非常遺憾的模樣。

接著我們互相道別後，她們三人都離開了教室。

「那麼篤志，我們一起回去吧。」

「咦……！可是，妳不是跟某人約好要一起回家嗎……」

「你真囉唆耶。快點跟我一起回家啦。」

我毫不在意大吃一驚的篤志，抓住他的手臂拉著他走。

「啊，等……等一下，我的手會被扯斷啦，小咲。」

「手才不會那麼容易就被扯斷呢。你這個笨蛋、呆子、膽小鬼。」

「咦咦……妳……妳說得真過分。」

我帶著嘴裡碎碎念個不停的篤志離開了教室。

我的青梅竹馬還真是沒用。

離開學校後，我跟篤志一起走在回家的路上。

因為今天有六堂課，天空已經變成橘色了。

「你早上本來是想說要跟我一起回家對吧？」

我這麼問，於是篤志又大吃一驚似的看向我，然後移開了視線。

「才……才沒那回事……」

「你別說謊了。你撒謊的時候都會立刻移開視線。」

「……唔唔，才沒那回事啦。」

「就是有那回事。」

為什麼他明明是我的青梅竹馬，卻這麼沒用呢？

想一起回家這種事，明明直接說出來就好了。

「還有篤志，你差不多該交幾個朋友嘍。你打算一個人孤伶伶到什麼時候？」

「可……可是，要跟其他人搭話好可怕……」

從我們第一次見面時，他就是個非常怕生的人。

所以他一開始也完全不敢跟我說話，但我硬是一直向他搭話，後來他就只有跟我才能正

常地聊天。如果問我為什麼不惜做到這種地步，我只能說是因為碰到這麼可愛的我也不打算聊天的篤志太令人火大了。

「可……可是，好吧。既然小咲妳這麼說，我從明天……從後天開始會努力看看。」

「我從來沒看過你這麼講之後真的有去努力。我已經沒辦法像以前那樣總是陪在你身旁了。」

我這麼強調，於是篤志露出消沉的模樣……我是不是說得太過火了呢？

不過沒關係，因為我知道在這種時候讓篤志打起精神的魔法。

「我跟你說，篤志，我下次會在有很多超知名演員登場的電影裡演出喲。」

「咦！真的嗎！」

我這麼告訴他，於是他的雙眼立刻閃閃發亮。

總之只要我碰到什麼好事，像是確定演出連續劇，或是會參加電視節目，他馬上就會變得很開心。這就是讓篤志打起精神的魔法。

「很厲害對吧？」

「嗯！很厲害！什麼時候會上映呢？」

「記得好像是三個月後吧？現在還沒開始拍攝，但已經先對過台詞了。」

「這樣啊！我一定會去看的！小咲果然很厲害呢。」

篤志露出非常開心的表情。

自從我以童星身分出道，只要我有演出，無論是多麼默默無聞的作品，他都不會錯過。連續劇和電影不用說，就連綜藝節目等等也不例外。

所以比起被其他同學稱讚，聽到篤志稱讚會讓我有點開心。

不……不過！最讓我開心的還是被媽媽稱讚啦！

「可……可是，這樣啊……」

「？怎麼了嗎？」

「呃……那個……既然有很多知名演員演出，就表示……應該也有很多帥氣的人吧？」

篤志用似乎有些不安的聲音說了，並稍微瞄向我。他該不會是……

「你是擔心我可能會跟哪個演員變成情侶嗎？」

「！才……才才……才沒那回事！我才沒有在擔心那個！」

「哎呀，是嗎？那我跟誰變成情侶都無所謂嘍？」

「這……這個……」

篤志煩惱著該怎麼回答，但他就是不打算說出最重要的話。

他還真是不坦率呢。

「你放心吧。我已經見過所有會一起演戲的演員了，每個人看起來都很弱，不是我喜歡的類型。」

「這……這樣啊……」

篤志鬆了口氣。

「對呀。因為我喜歡會可靠地帶領我前進的強大男性。」

「強……強大的男性……」

篤志接著露出彷彿在說「這可不妙」的表情。他還真忙耶。

「聽好嘍，篤志，如果你想讓我喜歡上你，就要變成更強大的男生。只是要認識新朋友都會畏畏縮縮的話，那可不行喔。」

「就……就說了！我才沒有喜歡妳啦！……可是，嗯。我會努力看看。」

篤志輕輕點了頭。如果這樣他真的會努力去認識新朋友就好了。

「欸，篤志，我呀，在下一部連續劇會表現出更棒的演技，然後下下次會在更好的連續劇中表現出更棒的演技。」

「咦……唔……嗯……？」

我這麼說，於是篤志有些苦惱，不知該怎麼回應。

這是當然的。他一定在想我突然在說些什麼吧。

「也就是說，我的演技會越來越棒，等我變成大人，就會成為大明星！」

「大……大明星……！」

「沒錯。只要看到我的演技，每個人都會瘋狂迷戀上我。我想成為那樣的大明星！」

而且我一定能成為那樣的大明星。

因為我長得這麼可愛，又具備演戲的天分嘛。

等我當上大明星，媽媽也會加倍稱讚我！

「如何？你想看看變成大明星的我嗎？」

「嗯！那當然了！我超級想看！」

篤志的雙眼比剛才更加閃閃發亮。他真的很喜歡我呢。

「謝謝你……對了，篤志你長大後有什麼想做的事情嗎？」

「我……我嗎？這……這個嘛……」

篤志「嗯～」一聲思考起來。仔細一想，他都還沒辦法好好認識新朋友就問他這種事情，是不是太早了呢……正當我這麼心想時——

「我要一直替妳加油！」

篤志突然大聲地這麼說了，而且很明顯是他今天最大的音量。

這樣的他讓我嚇了一跳後——忍不住笑了出來。

「篤志你真的很喜歡我耶。」

「不……不是啦！可……可是，我會一直替妳加油的！不管是變成大人，還是變成老爺爺，我都會一直替妳加油！」

篤志在這時難得露出了以他來說很堅定的眼神。就算變成老爺爺也要替我加油……

「是喔。既然你想那麼做，也沒什麼不可以吧？」

「嗯！我一定會一直替妳加油的！」

篤志又用堅定的眼神看向我。真是的，他到底多想替我加油啊。

「那麼，就用你那雙眼睛仔細看清楚吧。你今後會一直支持的人，將來可是會在日本成為最厲害的大明星！你不好好替我加油的話，我可饒不了你喔！」

「我……我知道了！我會非常努力替妳加油的！」

篤志這麼說並用力點了頭。看來他是認真想一直替我加油。平常明明沒什麼用，卻在這時耍帥。

……可是，我好像有點開心。只有一點點就是了。

之後我告訴篤志關於我下次會參與的連續劇內容，並跟他一起回家。

在回家的路上，篤志偶爾會看向我的手，但結果還是沒有採取任何行動。

果然我的青梅竹馬還是很沒用，需要多加磨練呢。

◇◇◇

「別靠近我爸爸！你敢再靠近一步，我絕對不會放過你的！」

我像要保護什麼似的張開雙手，拚命這麼說了。

然而眼前有個身材高大、戴著面具的殺人魔正緩緩走近我——這是我想像中的畫面，實際上並沒有什麼殺人魔。

「不錯喔，小咲！妳演得很棒！」

拍著手的是在「愛麗絲」工作的表演老師——沙織女士。她負責個別指導經紀公司的演員演技，以前好像是很著名的舞台劇女演員。

媽媽有時也會嚴格看待指導演技的人……但她非常信賴沙織女士，平常無論是對台詞或拍攝前的排演，媽媽總會陪在我身旁，但只有指導演技的時間她會把我完全交給沙織女士。

自從出道成為童星後，一星期會請沙織女士指導我四次。

「小咲妳下次要在《神祕旅館》這部電影演出的小舞這個角色，是個外表可愛，但性格像男生的勇敢女孩。雖然有些要改進的地方，不過妳很準確地掌握到角色的特徵嘍！」

「沙織女士，謝謝您的讚美。」

我有禮貌地一鞠躬。不過這點程度，以我的實力來說是理所當然。

順帶一提，《神祕旅館》就是我告訴篤志的那部會有很多知名演員演出的電影。

「那麼，差不多就在這邊告一段落吧。」

「不，我還要繼續練習。」

「咦……可是，妳已經練習很久了——」

「我還要繼續練習。」

我這麼說完，不等沙織女士回答就再次開始練習。

大家都對我稱讚有加，然而我將來要成為不輸給任何人的大明星，演技必須更加高超，所以我得更努力練習。

「小咲～妳的經紀人筒井友香來接妳嘍～」

我練習到一半時，年紀大約二十出頭的漂亮女性——友香走進了演技指導室。

「咦，你們還在練習嗎？」

「是啊。小咲說她想多練習一下。」

沙織女士一臉擔心地這麼說道，於是友香走向我。

「小咲，妳媽媽好像有事要忙走不開，所以我來接妳。」

「哎呀，這樣嗎？可是友香，我還想繼續練習。妳就在旁邊等一下吧。」

「好強硬的命令語氣……小咲還是一樣任性呢。」

儘管嘴上這麼發著牢騷，友香還是稍微跟我拉開距離，在一旁等候。

友香說歸說，最後還是會聽我的話呢。

之後我又練了大約一小時才結束這次練習。

離開沙織女士的演技指導室後，我跟友香搭電梯前往設有停車場的地下室，那裡停著她的公司車。

演技指導室位於「愛麗絲」的公司裡面，順帶一題，宛如巨人一樣大的一整棟大樓都是大型經紀公司「愛麗絲」的辦公室。

「不過小咲妳還真是努力呢。」友香突然這麼說了。

「我可是天才童星，這點程度是理所當然的。」

「就算這樣，我也從沒看過還是個小孩就這麼拚命練習的人。從妳出道以來，妳練習的分量就一直是其他童星的兩倍以上。」

「只是其他人缺乏幹勁罷了。」

我斬釘截鐵地這麼說，於是友香露出苦笑。

「哎，先不提其他人有沒有幹勁，至少可以斷言一件事吧。」

只見友香對我眨了眼。

「就是小咲妳超～～級！喜歡演——呃，小咲！」

友香正要說些什麼，但因為電梯門打開了，我便先走出去。

「欸～～不要不理人家說的話啦～～」

「因為友香的話題不怎麼有趣，不聽也沒關係。」

「唔啊！妳明明是個孩子，為什麼說話這麼狠毒呢……」

友香擺出被什麼東西刺中胸口的動作。她的演技還真差耶。

「啊，對了，我差點忘了。小咲，這個給妳。」

「？這是什麼？」

友香遞給我的是粉紅色的可愛信封……信？

「等妳回家後再打開來看看吧。妳一定會很開心的。」

友香這麼說，又對我眨了眼。雖然友香的演技很差，說不定只有眨眼這個動作比我還要厲害……

「我回來了～～」

我搭友香開的車回到了家。

我一進客廳，就聞到很香的味道。

「妳回來啦，咲。」

媽媽從廚房探出頭來。

「咦，媽媽？妳怎麼在家裡？妳不是有事要忙嗎……？」

「要忙的事情已經處理完嘍。」

「這……這樣啊！」

媽媽偶爾會出門辦事。媽媽說她是全職家庭主婦？沒有在上班，所以出門辦事並不是去工作。

可是，我也不曉得媽媽究竟是去哪裡。

「而且我怎麼會丟妳一個人在家呢。我至今也從來沒這麼做過吧？」

「！嗯！也是呢！」

媽媽絕不會讓我感到寂寞。或許這是理所當然，但對我而言是非常令人開心的事。

「爸爸今天好像會早點回來，我們三個一起吃飯吧。」

「爸爸嗎？太棒了！」

「所以妳快去洗手漱口，還有把東西放到房間吧。」

「嗯！我知道了！」

我急忙洗手漱口，然後走向自己的房間。

我將書包放到房間後，忽然想起一件事。

「對了，友香給了我一封信。」

我從書包裡拿出那封信，打開粉紅色的信封。裡面裝著折得很整齊的信紙，我將信紙拿起來攤開一看，只見上面寫滿了文字。

「給綾瀨咲……咦，這是粉絲信？」

我繼續往下看了一些內容，發現果然是粉絲信。之前友香曾經說過，現在因為有SNS？所以幾乎不會收到粉絲信。

我也是當了兩年以上的童星，雖然在「愛麗絲」的推特？上常會有粉絲留言，但這還是第一次收到粉絲信。

「竟然會這麼正式寫粉絲信寄來，挺了不起的嘛。」

我一個人這麼喃喃自語後，繼續閱讀粉絲信的內容。

『給綾瀨咲：

我的名字叫乙葉依櫻，是小學二年級生。我是小咲的忠實粉絲。

我非常喜歡小咲的演技。要說喜歡哪個部分，就是小咲演起戲來感覺非常閃亮，十分帥氣。

所以能讓人打起精神，充滿活力。
我也非常喜歡表現出這種演技的小咲。
今後我也會一直當小咲的忠實粉絲。
小咲，請妳今後也繼續努力，我會很認真地幫妳加油。
最後，請讓我再說一次，我最喜歡小咲了。

乙葉依櫻敬上』

「小櫻……」
這女孩跟我同年，但腦袋比我聰明。因為她用了這麼多漢字，還有我不會唸的漢字……
像是「次」跟「喜歡」要怎麼唸啊？
我拿出放在房間裡的漢字辭典，試著查了「次」跟「喜歡」。
「次」好像是唸「ㄘˋ」，所以這是「再一次」的意思。
那麼「喜歡」是……
「這是唸『ㄒㄧˇㄏㄨㄢ』呀。那麼粉絲信上寫的就是……喜歡？」
也就是說，這個叫小櫻的女孩「喜歡」我。
——不對，是「最喜歡」。

她挺有眼光的嘛……不過，雖然可以理解她說我演戲看起來很閃亮，但帥氣是什麼意思呀？是說看起來像男孩子嗎？如果是這樣，她還真沒禮貌呢。

……我內心這麼想，不過我的表情一定是忍不住嘴角上揚。

她喜歡我的演技，喜歡我這個人，只為了告訴我這件事，就像這樣寄了粉絲信給我，這件事讓我非常開心。

我平常就在想，從粉絲的話語感受到的喜悅，跟被媽媽或篤志稱讚時感受到的喜悅不太一樣，會讓內心變得暖暖的。

而且小櫻的粉絲信讓我內心感受到至今最溫暖的感覺！

「真是的，真沒辦法。這封信我就好好地收藏起來吧。」

我將粉絲信寶貝地收到書桌的抽屜裡。這個抽屜只會放對我而言很重要的東西，像是我的出道作劇本。

「咲，晚餐煮好嘍～～」一樓的媽媽這麼呼喚我。

「聽好嘍，小櫻，我會再來讀信的，妳就在這邊乖乖等著吧。」

我對著放有粉絲信的抽屜這麼說道，離開了房間。

接著直到我前往客廳為止，我一直想起那封粉絲信。

於是內心又變得溫暖起來，感覺好滿足！

「爸爸媽媽，聽我說！我今天收到了粉絲信喔！」

在飯廳吃晚餐時，我稍微大聲地這麼說了。

「那真是太好了呢。」

於是爸爸這麼回應我。我的爸爸叫綾瀨丈，是上班族，平常是個不太說話，很安靜的爸爸。但我遇到好事或是很努力做了什麼的話，他就會稱讚我，是個溫柔的爸爸。

「那還真令人開心呢，咲。」接著媽媽也這麼說了。

「嗯！而且寫那封粉絲信給我的人，是跟我同年的女生喔！明明如此，她卻寫了好多字，把信紙都填滿了，她一定非常喜歡我！」

「這樣啊。那妳也得好好珍惜那個女生與她寫的粉絲信才行喔。」

「那當然嘍，爸爸！」

我這麼回應，於是爸爸露出溫和的笑容。

爸爸很不會笑呢。如果是我跟媽媽以外的人，一定不會發現他笑了。

「還有呀！那個女生一定也很聰明。她用了好多漢字，還有我不知道的漢字喔！」

「那難道不是妳沒認真念書的關係嗎？」

「才……才不是呢，媽媽！別看我這樣，我在班上也算是比較聰明的喔。」

「真的嗎？」
「討厭啦！媽媽妳真壞！」
我不滿地鼓起臉頰，於是媽媽呵呵笑了。
媽媽平常明明很帥氣，但偶爾會像這樣捉弄我。
還有爸爸也是。我也有發現爸爸在偷笑喔，真是的。
「好啦，咲，只顧著聊天的話，飯菜都要涼了。快點吃吧。」
「好～～」
我大口吃著晚餐肉醬義大利麵。
肉醬義大利麵是我最愛吃的東西！超級好吃！
「話說回來，也是呢。咲妳得努力工作才行，這也是為了那個女生喔。」
「這種事我知道啦，媽媽。」
「不要邊吃東西邊說話。不過，妳明白就好。那麼等吃完晚餐，再跟媽媽一起觀賞戲劇吧？」
「嗯！我知道了！」
我得完美扮演大小姐這個角色，讓《大小姐與流氓》變得更受歡迎。
還有接下來有一堆厲害的演員演出的《神祕旅館》也要開始拍攝了，我得比現在更加倍努力。

然後我絕對要成為大明星。

不，我一定能成為大明星！

因為我可是天才童星嘛！

這個時候，我以為自己今後也會一直演戲，對長大後就會變成大明星這件事深信不疑。

不過，兩年後——我幾乎沒再接到任何演員的工作。

◇◇◇

「別管我！快走吧！」

我一邊倒下一邊對某人拚命吶喊。此刻我正在拍攝非常有名的連續劇，周遭有許多非常出名的演員。

然後我竟然被選上當這部非常有名的連續劇的主角！

——這些全～～都是謊言，從頭到尾都是謊言。

我並沒有在拍什麼連續劇，更遑論當上非常有名的連續劇的主角。這是當然的啊。現在的我別說是連續劇主角了，甚至已經很長一段時間連配角都當不上。那麼，要說我為什麼在演戲——

「小咲！剛才那句台詞應該用更緊迫危急的感覺去表現比較好！畢竟這可是生死交關的場面！照這樣下去，試鏡不會上喔！」

沙織女士嚴格地指導我……沒錯。就如同她剛才說的，我正在練習下次要參加的連續劇試鏡。

「是，我知道了，沙織女士。」

我這麼回答後，再次開始演戲。

從我以天才童星的身分紅極一時後過了兩年，我升上了小學四年級。

我在小學二年級時演出的《大小姐與流氓》，不枉費我跟媽媽觀賞了許多大小姐的劇，我一集比一集更像大小姐，在同時期播映的連續劇當中收視率壓倒性地排行第一。

《神祕旅館》也因為眾星雲集，加上劇本無懈可擊，獲得了當年的電影大獎。我的演技也被瘋狂稱讚為難以想像是小孩會有的演技。

——但是在那之後，我身為演員的工作就慢慢減少，現在真的只剩下一丁點而已。而且那些工作都是只有一句台詞之類，跟臨時演員沒什麼差別的路人角色。

如果要說為什麼會變成這樣，答案非常簡單。

因為我並不是什麼「天才」。

從我五歲出道後到兩年前為止，我一直被捧成天才童星，但其實只是以小孩子來說，我的演技稍微好一點而已。

童星的顛峰時期主要在七～八歲，也就是小學二年級。

小孩子的可愛吃得開的時期，我想大概只有到小學二年級吧。

那之後沒有穩定的演戲天分或實力的話，就無法在業界生存下去。

然後我兩邊都沒有。

現在回想起來，深信自己是天才童星的我真是太丟臉了，根本只是個笨蛋。

……但是，我還是繼續在演戲。

我繼續演戲的理由是想變成大明星──其實並非如此。

畢竟我沒有天分，也沒有實力，怎麼可能變成大明星嘛。

所以要說我為什麼會繼續演戲……就類似一種堅持吧。

大概是這樣……我是這麼認為的。

老實說，我也不是很明白自己這麼做有什麼明確的理由。

我明明什麼都沒有，為什麼還繼續演戲呢……

試鏡的練習結束後，我離開演技指導室，到自動販賣機那邊買飲料。

然後我回到演技指導室時——

「老實說，我認為小咲沒辦法繼續以演員的身分在業界生存。」

傳來了沙織女士的聲音。我不禁在出入口前停下腳步。

不管怎麼想，這都是我不該聽見的話。

……然而，我有隱約察覺到沙織女士一直是這麼想的。因為她雖然總是面帶笑容地指導我，卻絲毫沒有對我抱持期待的感覺。

根據我聽說的傳聞，在其他人都說我是天才童星時，好像也只有沙織女士認為我將來要繼續當演員可能有困難。既然這樣，早點告訴我就好了嘛——雖然很想這麼說，但一般人不會告訴一個小學二年級的女生那麼殘酷的事情，反倒應該說我真的很感謝沙織女士至今一直願意指導我。

……咦？等一下。直到剛才為止，指導室裡應該只有我跟沙織女士在才對。

沙織女士究竟在跟誰說話呢……？今天媽媽說她有事要忙，是友香來接我了嗎？

「也就是說，我女兒的演技在業界是行不通的——是嗎？」

聽到那個聲音，我驚訝地摀住了嘴。

因為，剛才說話的那個人是媽媽。為什麼……？

在我震驚不已的時候，媽媽與沙織女士繼續說下去。

「小咲是個努力的孩子，她的練習量是一般孩子的好幾倍，今天的練習時間也比平常長很多。但在演員的世界中，有光靠努力也無可奈何的狀況，所以請妳不要再讓小咲繼續當演員了。」

「這話是什麼意思呢？妳是說我在強迫小咲繼續當演員嗎？」

「……在我看來是這樣。」

沙織女士用有些緊張的語調這麼說完，接著又說：

「小咲經常在連續劇中演出那時，看起來非常開心。但是工作開始慢慢減少，小咲的表情也越來越痛苦……老實說，我不認為現在的小咲是打從心底想要當個演員。」

「所以妳認為是我硬逼小咲繼續當演員嗎？」

「……沒錯。」

沙織女士點了頭，於是媽媽暫時陷入沉默。該不會媽媽也想讓我放棄當演員吧……哎，那也沒辦法。誰教我沒天分又缺乏實力，就算努力也不會有收穫，再繼續堅持下去也沒用。

正當我這麼心想時——

「我會讓咲繼續當演員。我不打算聽從妳的指使。」

媽媽用毫不迷惘的語調這麼斷言。

「小咲媽媽！」

沙織女士試圖再次說服媽媽，但媽媽似乎不想再跟沙織女士共處一室，她朝這邊走了過來，準備離開指導室。等等，為什麼要過來這邊啊！

怎……怎麼辦？照這樣下去，會跟媽媽碰上——

「咦，咲——」

就在我不知所措的時候，媽媽來到了出入口。

這情況似乎讓表情很少有變化的媽媽也大吃一驚，她睜大了雙眼。

但她立刻變回平常冷靜的媽媽。

「原……原來妳今天不是要出門辦事啊……」

「我的確有事情要辦，不過事情提早結束了。」

我一臉尷尬地說道，於是媽媽平淡地回答。

但在下個瞬間，媽媽把雙手搭到我的肩膀上。

「咲，妳想怎麼做？」

媽媽筆直注視著我，這麼詢問我。就算不一一反問，我也立刻明白了媽媽在問什麼。媽媽是認為剛才的對話都被我聽見了，才會這麼問的。對於這個問題，我——

「我要繼續當演員！媽媽！」

此刻我明白了。我是為了媽媽才繼續演戲的。

因為想被媽媽稱讚、想回應媽媽的期待，我才會努力到現在。一定是這樣。

而且媽媽還對我抱持著期待。既然這樣，我也必須努力加油。畢竟託媽媽的福，我曾經當上了天才童星。

所以我接下來要再次以演員身分活躍給她看，這也是為了報答媽媽！

「是嗎？那就努力加油吧。」

「嗯！我會加油的！」

我堅定地回應媽媽的話。

妳看著吧，媽媽！我一定會以演員身分好好復活的！

◇◇◇

「小咲～～！今天一起玩吧～～！」

我下定決心要以演員身分復活的隔天。學校的課都結束後，惠美活力充沛地走向我。我從二年級開始就一直跟她同班。

「對不起喔，惠美。我今天有點事……」

「這樣嗎？但妳之前也是說有事。」

「是沒錯啦……對不起喔。」

「……我知道了。下次再約妳吧。」

惠美露出有些遺憾的表情，然後到其他女生那邊去了。她一定也會約那些女生一起玩吧。雖然對惠美很不好意思，但我實在沒空玩樂。

因為今天也要請沙織女士指導我演技。沙織女士希望我放棄當演員，不過我好好跟她談過後，她今後也願意繼續指導我，而且似乎也會幫忙拉長練習時間。

關於指導費，我以前接到很多工作那時是由「愛麗絲」幫忙出錢，現在則是靠我透過當時的工作與偶爾會讓我參加的冷門電視節目領到的錢在支付。

雖然沙織女士表示「小咲很努力，不用指導費也沒關係」，但我跟媽媽婉拒了她這番好意。畢竟這樣對沙織女士很失禮，對其他接受沙織女士指導的童星也很失禮。話雖如此，也不能動用媽媽和爸爸的錢，因為都要怪我沒那個天分和實力，演員的工作才會減少。

順帶一提，儘管沙織女士變得很積極協助，但她還是不樂見我繼續當演員。她好像是不想看到我痛苦或悲傷的模樣。

「小咲說她有事，不能一起玩！」

「有事是指上電視的工作嗎？可是最近都沒在電視上看到小咲耶。」

「嗯。可是我媽媽說很偶爾會看到小咲上電視喔。」

「是喔～～我覺得比起那種工作，跟朋友一起玩應該比較快樂吧～～」

「對吧～～跟朋友玩比較快樂呢～～」

我聽見惠美她們這樣的對話。

我想她們並不是抱持惡意這麼說的。從一般人的角度來看，比起為了不知道會不會有的演員工作練習演技，或是為了支付演技的指導費去上幾乎沒人會看的冷門節目，跟朋友一起玩當然比較快樂。

……但是，我已經下定決心了。

為了還對我抱持著期待的媽媽，我要再次以演員身分活躍。

「小……小咲……」

隔壁傳來一個軟弱的聲音。是篤志。我跟他也是從二年級開始——不，是從入學以來就一直同班。

「怎麼了，篤志？不好意思，我今天沒辦法跟你一起回家。」

「這……這樣嗎？啊，是這樣沒錯，但我不是那個意思……」

「所以到底是怎麼啦？」

我再次詢問，於是篤志不知所措，露出有些難以啟齒的表情。

「那……那個……我在想，妳最近還好嗎？」

「我還好嗎？為什麼這麼問？」

「因……因為，妳最近，應該說妳從三年級開始，就經常愁眉苦臉……我……我在想不知道妳要不要緊……」

篤志有些緊張地這麼對我說了。

看來他是在擔心我……不對，說起來，從我工作開始減少後，篤志就一直像這樣跟我搭話，關心我的狀況。

「篤志你竟敢這麼囂張呢。」

「對……對不起……」

「可是呢，那個……謝謝你。」

我向篤志道謝，於是他露出驚訝的表情。

那反應是怎樣啊，簡直就像在說我平常是個不會道謝的人。

「放心吧，篤志，我接下來一定會以演員的身分在舞台上大放異彩。然後再過一陣子，我就會變成每個人都羨慕不已的演員嘍！」

「嗯……嗯！加油！」

我這番話讓篤志雙眼閃閃發亮地鼓勵我。

即使我身為演員的工作驟減，篤志也一直都沒變。

明明是個沒用的青梅竹馬……他果然很囂張呢。

我再次看向這樣的青梅竹馬的雙眼，決定鼓起幹勁全力以赴。

◇◇◇

自從我跟媽媽說會努力當個演員後，我就拚命練習演技。

演員的工作開始減少後，沙織女士的演技指導就增加到一星期五天，現在則是一星期七天——換句話說，我每天都會請她指導，當然也請她拉長了每一次指導的練習時間。

然後我決定把每天都會觀賞的電視劇和電影數量加倍，總之就是努力去記住職業演員怎麼演戲。

我也有向同一間經紀公司的演員前輩徵詢意見……不，不只是前輩。

我也詢問同年紀或比我小的人是怎麼演戲的。

因為大家都比我還要活躍。

沒有在舞台上活躍卻還是繼續當演員的小孩，只有我而已。

而且我是個已經過了容貌可以當武器的童星顛峰時期，不上不下的孩子。

就算這樣！我已經決定要加油了，所以我只想著努力以演員身分復活這件事，我只專注地想著這件事——度過每一天。

然後小學四年級的這一年期間。

「對不起喔。這次應該不合格吧。」「說是以前的天才童星，但演技實在不怎麼樣。」「演技是不錯啦，但就只是不錯而已吧。」「小學四年級才這種程度嗎……」「雖然外表是很可愛啦。」「總覺得少了點什麼。」「感覺得出來很努力在演，但還是不太行啊。」

我一次試鏡也沒通過。

小學五年級的這一年期間。

「表達能力完全不夠耶。」「妳是那個天才童星對吧。該怎麼說呢，演技實在不怎麼樣……」「沒有讓人覺得感動的地方。」「感覺不到妳有在用心演。」「或許妳很努力在演，但妳得更努力才行。」「這是沒天分……啊，對不起喔，沒事。」「嗯～就憑這種演技，不太行耶。」

我一次試鏡也沒通過。

小學六年級的這一年期間。

「明明是小學六年級，這樣……」「無論是台詞的講法還是演技，都不值一提。」「妳是那個天才童星小咲！原來妳還在當演員啊。」「妳真的有努力在演嗎？」「這是練習不足。」「妳有幹勁嗎？」「我知道妳很拚命在演，但就憑這樣是行不通的吧。」「那樣是不行的啊。完全不行。」「我這麼說有點嚴厲，但妳沒有天分啊。」「妳的演技很正經八百，讓人完全沒有雀躍期待的感覺。」「沒有亮眼之處。」「妳到目前為止都在幹嘛？」

我一次試鏡也——我受夠了。

◇◇◇

「我回來了。」

回到家後，我解開一顆制服襯衫的釦子，讓自己放鬆點……沒錯，我現在穿著制服。小學生活在去年劃下句點，從今年開始我就是國中生了……說是這麼說，我這個月才剛入學就是了。

就算這樣，我終於再也無法自稱童星了。

……不，別說什麼童星，我甚至不曉得是否還能自稱演員。

我鼓起幹勁要以演員身分復活，從小學四年級到六年級的這三年期間。

我一個勁兒地參加試鏡。

不斷報名試鏡，已經不曉得自己到底參加過多少次了。

結果——我就連一次也沒通過。

升上小學五年級後，就連扮演路人角色的工作都沒了。不管是怎樣的小角色試鏡我都會報名，就算這樣，還是沒有被選上過。

我練習到都快吐了。我沒有一次是敷衍了事地在演，這三年來從未想過以演員身分再次

活躍以外的事。

但是……還是沒用。

豈止如此，在試鏡的過程中以及試鏡後，還有人會毫不留情地批評我，根本沒考慮過我是抱持著怎樣的心情……算了，還是別再回想那些事吧。

這樣只會讓自己變得更難受。

而且我還沒放棄以演員身分再次活躍於舞台上。

即使升上國中，我仍然繼續練習演技，也依舊不斷報名參加試鏡。今天也是放學後就直接去接受沙織女士的演技指導。

因為媽媽還對我抱持著期待。

只要媽媽還期待我，我就永遠不會放棄以演員身分再次活躍。

「哎呀，妳回來啦，咲。」

我一進客廳，便看到媽媽出來迎接我。

小學時是請媽媽或友香接送我到沙織女士的演技指導室所在的「愛麗絲」，但升上國中的我已經可以搭電車自行來回了。

而且從離我家最近的車站搭一站就到了，並沒有多遠。

「妳今天也去練習演戲，應該很累了吧。洗澡水已經準備好了，妳先去洗個澡吧。等妳洗完就來吃晚餐。」

「嗯。謝謝妳，媽媽。」

我準備離開客廳去洗澡。

——就在我握住門把的瞬間，媽媽呼喚了我。

「欸，咲，妳之前參加的試鏡，結果怎麼樣？」

聽到媽媽這麼問的剎那，我不禁緊張起來。因為我不太想被問到這件事。

……但我緩緩地轉過頭去，回答媽媽的問題。

「那個……聽說沒通過。我問了來看我練習的友香，她這麼告訴我了。」

我嘴上這麼說，然而就算不特地詢問友香，我也早就知道結果了。

因為在試鏡過程中，其中一個評審對我這麼說了：

『妳的演技好像模範生，實在很乏味耶。』

什麼叫好像模範生一樣啊，明明直接說我就是沒有天分、缺乏實力就好了。

「是嗎？又失敗了啊……」

即使聽到結果，總是很冷靜的媽媽依舊面不改色。

……但她的聲音聽起來有些悲傷。

「可……可是，媽媽！我下次會更努力！友香也常說只要不斷挑戰，一定會發生好事。所以我覺得差不多快要發生好事了！」

這三年來有很多痛苦的回憶……不，是只有痛苦的回憶。

但是，我還不打算放棄當演員。

因為媽媽還對我抱持著期待。

為了媽媽，我要再次以演員身分活躍，站在光榮的舞台上。

然後報答在我接不到工作後也一直支持著我的媽媽。

為了這個目標，無論有多麼痛苦，我都——

「咲，妳還是放棄演員這條路吧。」

媽媽悄聲地這麼低喃，簡直就像在自言自語。

她的聲音小到有一瞬間我以為是自己聽錯了，但那句話卻不可思議地殘留在我耳中……

當我的大腦總算明白那句話的意思時，「為什麼？」「為何要這麼說？」這樣的想法填滿了我的腦海。然後——

「我先去洗澡喔。」

我這麼說完就逃也似的離開了客廳。

我關上門的時候，從門縫間看見了媽媽的身影。然而她低著頭，無法看清她的表情。

◇◇◇

我洗完澡出來後，晚餐已經擺在飯廳的餐桌上了。

今天是肉醬義大利麵，是我最愛吃的東西。

「咲，坐下吧。」

媽媽以跟平常一樣的冷靜表情催促著我，宛如剛才什麼都沒發生過。我坐到椅子上，拿起了叉子。

什麼啊，剛才聽見的那句話，或許真的是我聽錯了。

就是說嘛，媽媽怎麼可能會說那種話。

「等妳吃完麵，再跟媽媽好好聊聊吧。」

至今一直對我抱著期待的媽媽——

「咲，妳有在聽嗎？」

怎麼可能叫我放棄當演員——

「咲，好好聽我說話！」

媽媽這麼大吼，於是嚇一跳的我不禁把叉子弄掉在餐桌上，因為媽媽以前從來沒有這樣大聲吼過我。

「等妳吃完麵，就跟媽媽好好聊聊。知道了嗎？」

媽媽的視線筆直看向我，彷彿在說不會再像剛才那樣讓我逃掉。

「……現在就說也沒關係，媽媽。」

「那樣麵會涼掉吧。」

「雖然覺得很對不起下廚的媽媽，但我無論如何都想先把事情說清楚……提出這麼任性的要求，對不起。」

「……好吧。」

媽媽答應我的請求後，坐到我的正面。

然後再次說出剛才那句話。

「咲，放棄演員這條路吧。」

我暫時無法對這句話做出任何回應。

這是我最不想聽到媽媽說的話。因為要是媽媽這麼說，我今後該怎麼辦才好？明明我拚命努力到現在，就只是為了回應媽媽的期待，想要以演員身分再次活躍……

所以我這麼詢問媽媽：

「為什麼？因為我沒有天分嗎？」

「沒錯。」

「因為我缺乏實力嗎？」

「沒錯。」

「因為不管我怎麼努力，都沒有成果嗎？」

「沒錯。」

媽媽毫不猶豫地回答我所有的疑問。

然後這讓我明白了一件事。

啊，媽媽已經對我絲毫不抱期待了。

她不認為我能以演員身分再次活躍。

「這個時間應該正好在播吧。」

媽媽這麼說，然後打開電視切換頻道。

在螢幕上播出的是從以前就很受國民歡迎的偵探連續劇。

每當鏡頭切換，就有無論是誰都認識的知名演員接連登場。

而且這些演員徹底溶入自己分配到的角色——不，是彷彿被附身一樣在演戲。

我還是童星時不是很明白，但現在就能理解這些人有多厲害，也了解到自己是多麼欠缺天分與實力。

「妳無法變成那樣。不，應該說能變成那樣的，只有極少數的天選之人。」

媽媽用平淡的語調告訴我殘酷的現實。

果然媽媽是認真地打算讓我放棄演員這條路……

「妳聽好，咲，就算妳繼續堅持要當演員，也絕對不會發生什麼好事。妳一定會度過充滿錯誤的人生，變得不幸。」

明明只要有媽媽的期待，我就能一直努力下去……

「所以說，妳今後要走正確的路來生活。妳要認真念書，考上好高中和好大學，讓自己可以找到一份好工作。」

無論試鏡失敗多少次。

無論聽到多令我難受的批評。

「我這麼說是為了妳的幸福著想，妳明白吧？」

我都會比現在更加、更加努力啊……

「……我知道了，媽媽。」

既然媽媽已經對我不抱期待，我還有什麼理由繼續當演員呢——

然後我像是要跟以往的自己訣別一樣——這麼說了：

「我會放棄當演員。」

◇◇◇

我告訴媽媽我會放棄當演員後，媽媽接到爸爸打來的電話，爸爸說外面突然下起大雨，但他沒帶傘，因此媽媽到離家最近的車站去接他了。

寬敞的飯廳裡剩下我一個人。我將剛才打開電視後就沒關掉的偵探連續劇丟在一旁，吃起了肉醬義大利麵。好吃……不過果然有點涼掉了。

儘管重新加熱一下比較好，但現在的我甚至沒那種力氣。這是當然的。

因為從小學四年級開始的三年間……不，是從五歲那時到現在為止的七年。

我拚命努力到現在的心血都化為烏有了。

……可是，已經無所謂了。從幾乎接不到演員的工作後到今天，我一直只是為了回應媽媽的期待才繼續當演員。

說起來，以前身為童星有很多工作時，也是因為想被媽媽稱讚才努力的。

如果媽媽已經對我不抱期待，我繼續當演員也沒有任何意義。

……所以已經無所謂了。

結果，我吃完涼了的肉醬義大利麵後，收拾好盤子，打算先回自己的房間。

沙織女士的演技指導也讓我十分疲憊，我想躺到自己的床上好好休息。

我這麼心想，準備離開客廳時，忽然看到了電視。

只見有個女孩子在偵探連續劇中登場了。

那個女孩大概是小學低年級，年紀正好跟我以前大受歡迎時差不多。

老實說，這個女孩的演技沒有很好。

……但在演戲的時候，感覺她看起來非常快樂。

然後不知為何，我像是被這個女孩吸引，在電視前坐了下來。

『偵探先生！實現我的願望吧！』

看來這個女孩扮演的角色是前來主角偵探經營的偵探事務所委託案件的小孩。

雖然演技不怎麼樣，但她長得非常可愛，好像天使一樣。

畢竟在近期的連續劇中都沒看過她，她一定是透過選秀之類的管道獲得這次角色的無名童星吧。要補充說明的話，我想她能拿到這個角色八成是因為容貌。

這話出自我這個沒天分也沒實力的前天才童星的口中，所以準沒錯。

『偵探先生！我也想幫上你的忙！』

雖然知道一直這麼想很沒禮貌，然而這個女孩的演技果然沒有很好。

明明如此，卻可以從她的演技感受到強烈的「某種東西」，深深吸引了我。

這究竟是什麼感覺呢……？

然後我開始把焦點都放在這個女孩的演技上——

『就算我是個小孩子，該動手的時候還是會動手的！』

在連續劇的尾聲，我總算明白為什麼我會被這個女孩的演技吸引了。

答案很簡單。

因為這個女孩非常喜歡演戲。

她大概沒有在思考自己要怎樣表演才精彩吧。

她只是純粹喜歡演戲，在拍攝中也只是在做自己喜歡的事情。

所以她在演戲的時候看起來非常快樂。

而且——那就是我缺乏的東西。

因為我是希望媽媽開心、想被媽媽稱讚、想回應媽媽的期待，才以演員的身分一直演戲到現在。

所以我才會被這個跟我不同，是打從心底喜歡演戲的女孩的演技吸引……但是，就算我察覺到這件事也無濟於事。

我只是終於明白我不但沒有理由，甚至也沒資格繼續當演員。我說得沒錯吧？沒有喜歡演戲的人，本來就不該繼續當演員——

「！」

等我回過神時，視野已經變得模糊。咦，為什麼……？

我有一瞬間感到困惑，但我察覺到滑過臉頰的東西並伸手觸摸後，便理解了。

原來我在哭啊。

而且眼淚不斷溢出，即使我試著止住眼淚也停不下來。

為什麼眼淚會這樣流不停呢……？而且，為什麼是現在呢……？

該不會我其實還想繼續當演員？

不對，才沒這回事。既然媽媽已經對我不抱期待，我根本就沒有理由繼續當演員……沒錯，沒有理由繼續當演員。

根本沒理由——

「……這樣啊。」

我悄聲這麼喃喃自語，然後事到如今才終於理解了。

看來我似乎有很嚴重的誤會。

到目前為止，我一直以為自己是為了媽媽才繼續當演員。

我一直以為我是希望媽媽開心、想被媽媽稱讚、想回應媽媽的期待——才會去演連續劇和電影。

就連接不到童星的工作時，我也一直以為自己是為了媽媽，想再次以演員身分活躍才會去參加數不清的試鏡。

我一直以為自己是為了媽媽，所以無論碰到多難受、多痛苦的事情，都能撐過來。

——但是，好像不是那樣。

因為我已經察覺了。

原來我是這麼——

「原來我是這麼喜歡演戲啊。」

結果，一直支持我撐到今天的動力，就跟那個女孩完全一樣。

我只是很喜歡演戲，只要能扮演什麼就覺得很快樂，假如有人喜歡我的演技，我就會非常開心，內心溫暖起來——

這才是我一直到今天都沒有放棄當演員的真正理由。

「我還是想繼續當演員啊……」

……但是太遲了。我必須放棄當演員。

因為我已經答應媽媽要放棄了。

我現在也很喜歡媽媽，所以我不打算不惜讓媽媽擔心也要堅持繼續當演員。

……不，不對。我只是害怕而已。我害怕反抗媽媽，告訴她我想繼續當演員。因為我至今從未違抗過媽媽說的話……

而且，就算我能順利說服媽媽，就憑我沒天分又欠缺實力的演技，一定也無法讓人感動到落淚，或是讓人著迷到移不開視線。無法辦到這些的話，我今後絕對不可能以演員身分活躍於舞台上。

這是我參加了百次以上的試鏡後學到的教訓。

我就算繼續當演員，也只會再次遭遇到難受和痛苦的事。

……所以我要放棄當演員。

然後今後就按照媽媽說的那樣，走正確的路來生活。

我要認真念書，考上好高中跟好大學，找一份好工作——

「然後獲得幸福……」

在依然模糊的視野中，我發出了非常沒出息的聲音。

然後在這個瞬間，我在真正的意義上放棄了當演員。

◇◇◇

大約一星期後，我在假日前往「愛麗絲」。我是為了去告訴他們我想解約。既然已經沒有要當演員，待在經紀公司也沒用。

而且媽媽也叫我跟經紀公司解約。

順帶一提，我也已經告訴爸爸我會放棄當演員，但爸爸只說了一句「這樣啊」。該不會爸爸其實也希望我放棄當演員吧？

「小咲！」

我一進入經紀公司的大樓，待在入口大廳的友香便飛奔到我身旁。

我小學二年級時才二十出頭的她，現在也到了坐二望三的年紀。

明明如此，她的外表卻幾乎跟當時一樣漂亮。

「友香，妳幫我跟上面的人說了嗎？」

「嗯，我處理好了。」

「……是嗎？謝謝妳，友香。」

我幾天前也跟友香說了要解約的事，請她幫我處理很多解約要跑的流程。畢竟要跟經紀公司解約，也不可能只說一句「我就做到今天」就走人。我接下來會跟經紀公司負責契約的人和幾個高層人士討論一下，並在他們到時提出的文件上簽名，然後正式與經紀公司解約。

哎，我想接不到工作的我應該一下子就能順利解約吧。

「那我們走吧，小咲。」

「……好。」

我跟在友香後面前進。

我很快就要放棄自己非常喜歡的事情了。

◇◇◇

經紀公司裡有好幾間會議室，我跟友香進入其中一間。

好像還沒有任何人來，總之我先隨便找了張椅子坐下。

於是友香鎖上門的內鎖。

「妳在做什麼啊，友香？這樣別人就無法從外面進來了吧。」

「是啊，沒有人能進來。」

友香這麼回應後，隔著桌子坐在我正面的座位上。

她看起來不太對勁，而且門是鎖上的……——！

「友香，妳該不會……」

「好啦，跟我好好談談吧，小咲。」

友香這麼說，露出笑容。

「……妳這個騙子。」

「妳說得沒錯，我是騙子。因為我沒幫妳處理任～何解約需要跑的流程，所以沒～人會過來這裡。」

友香像在開玩笑似的這麼說明。這個快三十歲的阿姨搞什麼啊……

「妳為什麼要做這種事？妳想在最後故意找我麻煩嗎？」

「找麻煩嗎～我會想找妳麻煩也是理所當然吧。畢竟本來那麼努力當演員的小咲突然說什麼不當演員了，還要跟公司解約。」

「！難道妳是為了讓我繼續當演員才這麼做的嗎？」

我這麼詢問，於是友香又露出笑容。因為她是個美女，這樣更讓人火大。

「我話先說在前頭，不管友香妳怎麼說，我都會放棄當演員，還要跟公司解約。」

「那樣的話，我不會幫妳處理解約流程之類，我要罷工啦！」

「唔……妳到底想幹嘛啊？為什麼妳不惜做到這種地步，也想要我繼續當演員？」

我這個問題讓目前為止一直像在開玩笑的友香突然轉變成嚴肅的表情。

「這是因為我至今一直受到妳的鼓勵。」

「……受到我的鼓勵？」

友香點頭肯定我這句話。接著她這麼說了——

友香進「愛麗絲」的第一年，包括當時剛出道的我和其他演藝人員在內，她負責擔任好幾個人的經紀人。

但工作量對一個新人來說實在太大，據說她也曾連續好幾個月沒辦法好好睡覺。

事實上，她似乎好幾次都打算辭職。

但是看到一個五歲的小女孩認真面對演員這份工作，一絲不苟且努力不懈的態度，給了友香好幾次勇氣。

而且這個女孩到今天為止的約七年期間，碰到過許多痛苦和辛酸的事，卻不會在其他人面前說任何喪氣話，一直靠自己的雙腳努力站穩。

據說那模樣甚至讓友香感到尊敬，想一直支持女孩走下去。

「那些說小咲演技差的傢伙都是大傻瓜。因為對我而言，無論是拍連續劇時！或是參加試鏡的時候！還有練習的時候！小咲妳的演技無論何時都比任何演員還要出色！」

友香這麼說完，露出有點想哭的表情，最後又露出一次美麗的笑容。

沒想到友香居然一直這麼看我……我好開心。

可是——

「就算這樣，我還是不當演員了。友香妳也明白吧？我根本沒有演戲的天分和實力。」

友香只是被我努力的模樣鼓勵，並不是對我的演技有什麼感覺。沒有演戲天分和實力的我，不管怎麼演都無法打動人心，那樣絕對無法作為一個演員在業界生存下去。

「這樣啊……果然我這種人說的話沒用嗎……」

「……對不起。」

我這麼道歉，於是友香搖了搖頭。

「可是呢，小咲，我還不會放棄。」

「友香，妳這份心意讓我很高興，但我已經……」

我這麼主張，友香卻根本不聽我說，把某樣東西擺到桌上。

我不得已只好看向那個東西——！

「這是全世界最支持小咲的粉絲寄來的粉絲信。」

聽到友香這麼說，我很自然地伸手拿起那封粉絲信。

粉紅色的信封，背面寫著「乙葉依櫻」。

「小櫻……」

沒有演出連續劇和電影，在電視上露面的機會也所剩無幾後，幾乎所有粉絲都對我失去了興趣。

儘管如此，只有小櫻還是會一直寄粉絲信給我。

無論我處於怎樣的狀況，她都一直是我的粉絲。

「最後至少先看過這封信吧。如果看完信，妳還是堅持要放棄當演員，那我也會放棄說服妳。」

「……嗯，我知道了。」

我小心地打開信封，於是從裡面冒出對折兩次的信紙。我也小心地攤開信紙，只見上面跟往常一樣塞滿了文字。

我慢慢地閱讀那些文字。

『給綾瀨咲：

我是小咲的超級粉絲乙葉依櫻。這是我升上國中後第一次寫信給妳耶。

我看了小咲這星期有登場的《吃不停天堂》！

妳在甜點單元發表了美食評論，非常吸引人，隔天我就立刻去買妳吃的那個草莓冰淇淋了！

幸好冰淇淋店離我家很近！

還有小咲十分可愛！真的真的！非常可愛！』

粉絲信上提到的《吃不停天堂》是會在假日傍晚播放，每星期一次的半小時美食綜藝節目。那個節目是以幾個美食單元組成，我在甜點單元登場。那個單元也不是每集固定都會出現，而是幾星期才會輪到一次。明明如此，只要我有參加，小櫻就一定會收看。

但這封粉絲信是怎麼回事啊，中途開始就只有誇我可愛嘛。

小櫻感覺腦袋很聰明，卻常常寫出這樣的內容呢。

儘管這麼心想，小櫻的粉絲信還是讓我覺得非常非常高興。

同時也對無法讓她看到我作為演員演戲的模樣感到非常過意不去。

——但從下一行開始，她寫了跟平常有些不一樣的事。

『我稍微換個話題，請讓我說一下關於我的事。
其實我小時候因為某個理由，每天都過得很不快樂。
不，豈止不快樂，甚至覺得很痛苦……
但有一天我偶然看到電視上在播放小咲出道作的那部連續劇。
我現在也清楚記得，雖然當時我還是個孩子，看到小咲的演技讓我大受感動。我心想明明跟我同年，這女孩卻這麼閃閃發亮，好耀眼，好羨慕喔。
同時我也這麼心想，小咲演戲看起來有種難以言喻的「強大」……我覺得十分帥氣。
然後我瞬間就變成了小咲的粉絲，變成了超級大粉絲！
而這件事成了契機，原本覺得痛苦的每天也不一樣了，我變得很快樂！
如果要說明詳情，會變成有些陰暗的話題，我就不多說了。
總之我是託小咲的福才獲得了救贖！
所以希望小咲妳可以好好記得，至少有一個人被妳——被妳的演技拯救了。
最後，希望小咲妳也可以打起精神。
乙葉依櫻敬上』

我看完粉絲信後，將信紙整齊地對折，放回信封裡。

她在後半的內容告訴我她對於我的演技抱持什麼想法，讓我非常開心……然而我有點驚訝，沒想到小櫻也有感到痛苦的時期。

我接著看向友香。

「我說友香，妳是不是有對小櫻做什麼？」

「妳……妳別露出那麼恐怖的眼神嘛。我只是在妳說要跟公司解約後，寄了一封信給小櫻。我在信上寫說小咲最近沒什麼精神，希望她可以寫一封讓小咲打起精神的粉絲信。因為我覺得只有小櫻能阻止妳放棄當演員……」

「是這樣嗎？可是，她怎麼會寫這些內容？」

「我沒有看那封信，所以不知道她寫了什麼，但她是妳的超級粉絲，光是看到妳沒什麼精神這句話，應該就多少可以猜到現在的妳可能會冒出什麼想法吧？畢竟妳這兩年來都沒有演出任何連續劇和電影。」

友香用輕鬆的語調這麼對我說。唔……別若無其事地突然指出我大概整整兩年都沒有在連續劇和電影中出現這種殘酷的現實嘛。

「那麼，妳要怎麼做？看了小櫻給妳的粉絲信後，妳還是要放棄當演員嗎？或者要繼續努力？」

「……也是呢。」

我沒有演戲的天分和實力，就算努力，也很難獲得相對的成果。

應該說從我小學四年級到今天為止，一次也沒有收穫。

……但就算是我這樣的演技，如果有一個人深受感動，甚至說因此獲得了救贖，我作為演員說不定還留有百分之零點幾的可能性。

老實說，只能依靠那種肉眼看不到，無比渺小的東西來努力感覺很可怕，我也害怕遭遇痛苦和辛酸的事。

不過，即使是一丁點，還留有作為演員的可能性這件事讓我感受到喜悅，所以我還是無藥可救地喜歡演戲吧。

「我再稍微努力看看好了。」

我小聲地這麼說，於是友香用力抱住我。抱太緊啦……

「……太好了。」

友香發出由衷感到安心的聲音。原來她這麼擔心我啊。

真是的，她這樣會讓我也變得想哭耶。

「對了，友香，謝謝妳喔。」

「？謝什麼？」

「自從我幾乎接不到童星的工作後，無論是多小的節目，妳都會設法讓我參與。如果沒有妳幫我安排這些機會，我現在一定早就被公司開除了吧。」

「別看我這樣，我可是個能幹的經紀人喔。為了妳，這點小事是理所當然的。」

「還有一件事，謝謝妳讓我沒有放棄當演員。」

我由衷向友香道謝，於是下個瞬間，她哇哇大哭了起來。

她明明是個大人，哭得也太誇張啦……真是的，都不曉得誰才是大姊姊了。

「友香，我會再拚命努力奮鬥，妳也願意拚命協助我嗎？」

「嗯！嗯！那當然嘍！」

友香擦拭淚水，連連點頭。之後她說今後也會去找比現在更大的工作，讓我有機會再次站上舞台當演員。我真的有個很棒的經紀人呢。

「剩下就是媽媽那邊了。不知道能不能說服她……坦白說，我沒什麼自信。」

畢竟我至今從未反抗過媽媽，說起來，我也沒看過媽媽聽從別人意見的樣子。如果沒辦法說服媽媽，感覺也會被迫跟公司解約。

「最糟的情況，就是瞞著媽媽努力讓自己能以演員身分再次活躍，等有了成果再好好跟媽媽談談。」

「……也是，只能這麼做了啊。」

「可是，不能說服媽媽的話，問題就在經紀公司了。畢竟媽媽叫我跟『愛麗絲』解約，如果一直沒有退出，很多事情馬上就會穿幫吧。」

「這……嗯，沒問題，我現在想到一個祕密計策了。相信我這個能幹的經紀人吧。」

「我知道了。如果好像沒辦法說服媽媽，經紀公司的問題就拜託妳嘍。」

友香拍了胸膛表示「包在我身上」。真的沒問題嗎？

「啊，還有一件事。既然要努力奮鬥，我認為需要一個目標。」

「目標……？」

「沒錯，目標。」

而且這個目標就跟那時一樣。

「我的目標啊，就是成為大明星！」

我光明正大，絲毫不覺得羞恥地這麼主張了。

無論是誰，只要看到我的演技就會迷戀上我的那種——大明星。

就憑我的天分和實力，或許永遠辦不到吧。

就算這樣，我還是想成為自己理想中的大明星。

……但是，這次不是因為想被媽媽稱讚。

是因為我非常喜歡演戲，打從心底想成為大明星，才會以此為目標。

為了這個目標，接下來我會如字面所述，奮不顧身地努力。

因為什麼都沒有的我只能這麼做。

那些有天分跟實力的演員，你們看著吧。

就算是什麼都沒有的我，也一定會追上你們的腳步。

然後這次我一定會成為大明星！

幕間

我是醫生父親與律師母親生下來的小孩。

當然我的爸媽都非常聰明。這麼說可能會被人討厭，但我家很有錢。我們家房子很大，幫傭也是住在我家隨時待命。

所以我的父母為了把女兒培育成跟自己一樣優秀的人，花大錢請了好幾個一流的家庭教師，從我五歲開始就每天都讓我念一整天的書。

老實說我很想立刻開溜，但爸爸跟媽媽都很嚴格，惹他們生氣的話非常可怕。相對地，我的性格非常軟弱，實在無法開口說我不想再念書了。

結果我一直持續整天念書的生活，感到十分痛苦，痛苦得難以置信。

……但我同時也在內心某處認為這樣是正確的。因為上了小學後，在同學裡面我總是最聰明的那個，甚至比高我一個年級的人要聰明很多。是我完美繼承了醫生與律師的基因嗎？我雖然討厭，卻非常擅長念書，優秀到其他人無法跟我相提並論。明白了這件事的瞬間，儘管我還是個孩子，也隱約覺得自己只要照現在這樣繼續念書，應該就能邁向幸福的人生。

雖然痛苦但正確。既然正確，那也沒辦法。

說起來，我的父母也經歷過小孩的時期，他們知道小孩時期的正確答案，所以反抗他們說的話根本沒有意義。

我這麼想之後——便乖乖當個不會反抗父母，對父母百依百順的「模範生」，痛苦地度過每一天。

我想所謂的人生……所謂的「活著」一定就是這麼回事吧。

——可是，就在某一天。那天也有家庭教師來家裡，用功了三小時後，我在十分鐘的休息時間去了一趟洗手間，然後從客廳傳來一個陌生的聲音。

爸爸跟媽媽很注重我的教育，卻總是因為工作幾乎不在家。他們好幾天沒回家是家常便飯，就算回來了，也會立刻又回去工作。

所以我好奇是不是爸爸或媽媽久違地回家了，便窺探了一下客廳，只見幫傭正在偷懶，躺在沙發上看電視。

注意到我的幫傭露出「不妙！」的表情，但我只有一瞬間對她感到在意，興趣很快就轉移到電視螢幕上。

電視上正在播放連續劇，那個陌生的聲音好像就是演員的聲音。

就在這時，有個跟我差不多年紀的女生在連續劇裡登場了。

「要一起看嗎？」幫傭忽然這麼問，讓我猶豫起來。因為我得念書，而且要是被爸媽知道我跑來看連續劇，我一定會挨罵吧。

但是幫傭拉起猶豫不決的我的手，讓我坐到她的身旁。

「沒問題。要是有人說什麼，我會幫妳打圓場。」

聽到幫傭這麼說，我便決定跟她一起看連續劇。

後來我才知道那部連續劇的名稱叫作《爸爸是英雄》，是大約一年前播出的家庭喜劇連續劇，現在是重播。

跟我差不多年紀的女生是扮演以英雄為職業的爸爸的女兒。還有《爸爸是英雄》似乎是這個女生的出道作，這也是我後來才知道的。

『爸爸明明是英雄，但感覺又弱又遜耶。』

那個女生在演戲。我知道連續劇是什麼，但至今從未實際看過，一開始只覺得「這個女生很會演戲」。

『無論多弱多遜，我還是希望爸爸可以繼續當英雄！』

然而，就在我繼續觀賞女生的演技時，漸漸覺得她看起來閃閃發光。

但也感受到一種彷彿背後有猛烈的火焰在熊熊燃燒的「強大」。

感覺跟我正好相反……我覺得那個女生非常帥氣。

我很明顯地開始被那樣的她吸引——

『爸爸是最棒的英雄喔！』

當我回過神時，結果我已經變成那個女生的超級粉絲了。

我在播放片尾曲時看了一下演員名單，發現那個女生的名字是「綾瀨咲」。

我不知道要怎麼唸，所以問了幫傭，結果好像是唸作「ㄌㄧˊㄙㄌㄞˋㄒㄧㄠˋ」。

幫傭還順便告訴我小咲是目前當紅的天才童星。

就在這時，家庭教師跑來找一直沒回去的我，我便被狠狠罵了一頓。不過幫傭巧妙地幫我解釋了原因，所以這件事沒有被爸媽發現。

幫傭似乎很擅長欺騙別人，她還笑著說所以她有時工作偷懶也完全沒有露餡……但我表示：「已經被我知道嘍。」她就笑得更大聲地說：「的確！」然後變成超級小咲粉的我，決定要盡可能觀賞所有小咲演出的連續劇和電影。

幸好幫傭——香織阿姨是個溫柔的人，她允許我每天在念完書後看小咲演出的連續劇，而且香織阿姨也會跟我一起收看。而我作為小咲的超級粉絲，一直支持著小咲。

確認小咲會演出的連續劇和電影就不用說了，如果她會參加其他綜藝節目之類，我也會去確認情報。

我還寄了很多粉絲信給她。剛變成小咲的粉絲時，因為覺得要傳達自己的心意很難為情，我都不敢寫粉絲信。但在香織阿姨的鼓勵下，我拚命寫了粉絲信，希望自己的心意可以好好傳遞給她。如果小咲每封信都有看，就太令人開心了。

持續支持小咲的日子，每天都很快樂。

雖然念書很痛苦，但想到小咲也在努力拍連續劇，我就能繼續奮鬥。

我就這樣過著當超級小咲粉的生活，然後慢慢對她產生了嚮往。

小咲無論何時都耀眼地閃閃發光，又在正面意義上具備難以想像是女生的帥氣的一面！最帥氣的就是演戲時的她，我也好想變成像她一樣的帥氣演員！我經常這麼想。

……然而對個性軟弱的我來說，那是絕對不可能的。首先我就絕對不敢傳達出自己的心情，不敢向爸爸媽媽說我想當演員。

所以今後我也會使出渾身解數去支持小咲！

她正在做我這個「模範生」做不到的事，我會盡全力支持她！

小學二年級時，我對自己的心情歸納出這樣的結論。

但就在我這麼下定決心時，小咲在連續劇和電影中演出的次數慢慢變少了。

雖然比這兩樣好一點，但她也越來越少出現在綜藝節目中。

就這樣時光飛逝，當我升上國中時，在連續劇和電影中已經完全看不到小咲的影子，參加電視節目的次數也變得寥寥無幾。

現在頂多偶爾會出現在綜藝節目裡那種短短幾分鐘的單元。

就算這樣，我還是一定會收看有小咲參加的節目，也持續寄粉絲信給她。

其實我希望能看到更多小咲，也想看到更多她以演員身分在演戲的模樣。

但是，小咲一定也承受著痛苦，同時想再次以演員身分努力奮鬥。

因為演技那麼出色的人不可能輕易放棄當演員。

總之我很喜歡小咲，所以依舊不斷支持著她。

然後我剛升上國中時的某天。

那天念完書，香織阿姨把一封寄給我的信交給我。因為爸爸跟媽媽幾乎都不在家，寄到家裡的東西都是由香織阿姨在管理。

我看了看她交給我的信，居然是小咲隸屬的經紀公司——「愛麗絲」寄來的。寫了這封信的是小咲的經紀人，她表示因為小咲沒什麼精神，希望我可以寫一封最動人的粉絲信給小咲。

小咲的經紀人竟然會特地寫信給我……該不會小咲想放棄當演員吧？看完那封信後，這樣的想法立刻閃過我的腦海。

如果真的被我猜中，我絕對不希望小咲放棄當演員。

因為以前的我只會按照父母的吩咐乖乖念書，是小咲的演技讓我那種乏味的生活變得多采多姿！

而為了讓我的心情可以傳遞給小咲，我拿出以往的好幾倍甚至幾十倍幹勁，竭盡全力寫了一封粉絲信，還附上小咲的演技拯救了我的故事。

把這封粉絲信寄給小咲的一星期後，家裡又收到一封「愛麗絲」寄給我的信。又是經紀人寄來的嗎？我這麼心想並拆開信封，結果寄信人——居然是小咲！

我震驚得發不出聲音。居然可以收到那個小咲寄給我的信！

我用微微顫抖的手拿出裝在信封裡的信紙並攤開。

上面寫著很有小咲風格的話。

『謝謝妳！我今後會變成大明星，妳好好看仔細嘍！』

只有一行文字。就只有這樣而已。但看到這封信，我鬆了口氣，獨自哭了起來。

因為我其實一直很不安，擔心小咲會放棄當演員。

然後，我這麼心想——

我今後也要一直當小咲的超級粉絲！

第二章　模範生

從我決定為了以演員身分活躍於舞台上，要再努力一下的那天算起的兩年後。

我升上國中三年級了。

關於說服媽媽這件事……就等之後再想辦法，我在這段期間參加了一百次以上的試鏡，結果很悲慘的是全部不合格。就跟以往一樣，在試鏡過程中或結束後被評審嚴格批評的狀況也屢見不鮮。

但我大概是想開了，還是該說對很多事情習以為常了呢？無論試鏡失敗多少次，或是被別人講了什麼，我都能自然地轉換好心情，準備再接再厲……哎，但就算學會轉換心情，無法通過試鏡也沒意義就是了。為了能以演員身分再次活躍，我一直像這樣度過每一天。

「下次試鏡是三天後啊。」

十月上旬，邁入國中三年級後半的時候。我看著擺在桌上的迷你日曆，同時這麼喃喃自語。於是有一個女生走近我。

「綾瀨會長，麻煩妳確認一下這份資料。」

「好，我知道了。」我從她手上接過資料後，立刻進行確認。

……那麼，要說我為什麼會被叫會長，這是因為我在自己就讀的國中——羽之丘國中擔任學生會長。

如果有人問我明明想以演員身分復活，卻跑來當學生會長真的好嗎，當然一點都不好，而且我也不想當什麼學生會長。可是，這是媽媽要我這麼做的。

其實在兩年前——我看了小櫻的粉絲信，下定決心要以演員身分好好大放異彩後，立刻準備去說服媽媽。

——但是，當時已經不是能說服媽媽的狀況了。媽媽把我以前演出的連續劇和電影的劇本，還有為了磨練演技而收集的各種連續劇和電影的光碟片都處理掉了。取而代之的是，她準備了數不清的大量參考書。

這時我領悟到要說服媽媽是不可能的。我甚至覺得如果我開口說自己不想放棄當演員，搞不好會被媽媽殺掉。

所以從那天開始，我決定一邊扮演媽媽期望的那種模範生，一邊偷偷為了能以演員身分復活努力奮鬥。

不過以前被評審說演技像模範生一樣而沒通過試鏡的我，居然在日常生活中扮演模範生，聽起來還真是諷刺。

幸運的是我的腦袋本來就還不錯，只要有認真念書，就能在考試留下好成績。媽媽一開始好像打算讓我去上補習班，但我靠著考出好成績阻止了這件事。因為要是去上什麼補習班，就沒辦法好好參加試鏡了。

就在我像這樣當個模範生度過校園生活時，媽媽突然表示：「妳去當學生會長吧，對將來有幫助。」還說了：「如果妳無法當上學生會長，寒假就請家庭教師來幫妳上課。」因為寒假不用上學，能報名參加更多試鏡，我怎麼也不能讓家庭教師占用我的時間。

所以我參加了學生會長選舉，幸運的是不知為何還滿多人支持我，沒有耗費多少功夫就當上了學生會長。

並不是因為以前曾是童星的我有很多粉絲，說起來，知道我曾經是童星的人，只有跟我同一間小學畢業，又曾經跟我同班的一部分學生。

我大受歡迎的時候常說著「小咲妳真厲害耶！」來捧我的那些學生，在我幾乎接不到工作後，也沒有任何人會來找我搭話了。

……這麼一想，為什麼我能當上學生會長呢？

順帶一提，我目前還是隸屬於「愛麗絲」的一員，為了不被開除，我會稍微參與跟電視節目相關的小工作。畢竟隸屬於經紀公司，就能從友香那邊迅速得知何時有怎樣的試鏡。

而且也有些試鏡只會公開給經紀公司，所以隸屬於經紀公司可以參加的試鏡數量會比自由藝人多一點。

「我覺得稍微參加一下演藝活動，可以在今後的高中和大學推甄，還有就業時用來宣傳自己。」媽媽那邊我是這麼向她說明的。這是友香教我的，讓我在無法說服媽媽時用來留在「愛麗絲」的祕密計策。

然後媽媽提出「絕對不做演員的工作、活動不會影響到課業」的條件，允許我繼續留在「愛麗絲」。

「咲，工作結束了嗎？」

正好就在我確認完資料時，一個男學生進來學生會室。

雖然很令人不爽，他的長相帥得可以被歸類為型男。雖然很不爽就是了。

「剛結束……怎麼了嗎，篤志？」

我收拾好確認完畢的資料後，這麼詢問他。

篤志居然是學生會的副會長。順帶一提，其他學生會成員已經先回去了，學生會室只剩下我跟篤志。

「我的工作也結束了，而且今天沒有社團活動，方便的話，一起回家吧。」

篤志很自然地邀我一起回家，那模樣跟他小時候判若兩人……總覺得令人火大呢。

「……我知道了。我接下來要去經紀公司接受演技指導，就一起走一段路吧。」

「好，謝啦！」篤志露出燦爛的笑容。以前的他到底上哪去啦？

沒錯。那個沒用的篤志升上國中後，戲劇性地變了個人。

「準備工作實在超累人啦～」

我跟篤志一起回去的路上，他將手筆直伸向上方。

「是明天的全校集會要用的東西對吧？虧你是運動社團的，別講那麼窩囊的話啦。」

「妳說窩囊……太狠了吧。」

篤志露出苦笑，同時一直走在我身旁。竟然還懂得配合我的步調……

「對了，你今天好像也被女生告白了吧？恭喜。」

「為什麼要恭喜我啊？我直接拒絕啦。」

「你又拒絕了嗎？好不容易這麼有異性緣，要是太貪心，當心吃到苦頭喔。」

「才不是那樣啦。我只是不想跟自己的理想對象以外的人交往。」

「是喔。那個怕生到甚至無法跟我以外的人正常交談的篤志還真是變得挺了不起呢。」

篤志真的變了很多。升上國中後，他首先理了個帥氣的髮型，接著開始會跟我以外的人說話，又加入籃球隊。

跟我不主動開口邀他的話，就連找我一起回家都辦不到那時相比，簡直是判若兩人。

「欸，篤志，你為什麼會跑來當副會長？你還有社團活動要顧，應該很辛苦吧？」

「我才不想被妳這麼說咧。妳忙著參加演員甄選和為了甄選事先練習，還有電視節目的工作和學校功課也得兼顧吧。妳那樣更辛苦。」

篤志用似乎很擔心的語調這麼對我說。

他知道我即使被媽媽要求度過正確的人生，仍然為了以演員身分再次活躍在做各種努力。因為我把事情都告訴他了。

……然而，我沒有坦承自己曾經一度想放棄當演員。因為從我出道成為童星後，他就一直支持著我，我不想讓他擔多餘的心。

不過！我可沒有承認篤志是我的粉絲喔。目前我的粉絲只有小櫻。篤志與其說是粉絲，更像是……不，沒什麼。

「你不但當上副會長，在籃球隊好像也是王牌球員兼隊長。你真的變了個人耶。」

「哎，那是因為……我有非改變不可的理由。」

篤志用有些認真的說法這麼說了。非改變不可的理由？是什麼呢？

我有些好奇地想問清楚，只見篤志不時瞄向我這邊。

簡直就像他也有事想問一樣……真拿他沒辦法。

「我上星期參加的試鏡落選嘍。」

「！我……我什麼也沒問吧。」

「你一臉想問的樣子太明顯啦。你這一點跟以前一樣沒用耶。」

「我怎麼可能輕鬆地開口問妳試鏡結果如何啊。還有別說我沒用啦。」

篤志這麼回嘴後，用溫柔的語調接著說了：

「哎，不過沒問題啦。只是那群愚蠢的傢伙沒有發現妳的演技有多厲害而已。馬上就會出現有眼光的人，妳很快就有接不完的連續劇和電影工作了。」

篤志這番話讓我很高興，但我心裡明白。

就是因為那些人有眼光，我才會在試鏡中被淘汰。

就算這樣，我也再也不會想要放棄當演員就是了。

「沒問題的，咲妳絕對能夠變成大明星。」

是覺得我感到不安嗎？篤志彷彿要讓我安心一般，堅定地這麼說道。

小時候的我說過的話，他一直都沒忘記……

還有既然要說這種耍帥的話，就別滿臉通紅地說啦。

「篤志，你好噁心。」

「噁……！」

「嗯！不過謝謝你！」

我露出笑容這麼對他說，於是他的臉變得更紅了。

就算變了個人，篤志果然還是很嫩呢。

◇◇◇

之後我跟篤志一起走了一段路，然後跟他道別，按照預定前往經紀公司接受沙織女士的演技指導。

我現在也持續接受沙織女士的演技指導。

即使有學生會長的工作，練習量也幾乎沒有改變。

為了避免被媽媽發現我在接受演技指導，這段時間我是跟媽媽說有電視節目的工作或是去圖書館念書，參加試鏡時也是用同樣的理由。

老實說在我剛升上國中沒多久時，沙織女士似乎覺得自己指導的學生一直在試鏡中落選是她的責任，表示我可以換演技指導者。

……但是，我完全不打算把指導者換成沙織女士以外的人。

儘管小學時不是很懂，其實沙織女士似乎曾經在超有名的劇團——「獅奇劇團」中扮演許多主演級的角色。

因為她原本就是以演技指導者為目標，年紀輕輕就退休不當舞台劇演員了，但她作為指導者的實際功績也是數不清。換言之，如果由沙織女士來指導演技也行不通，那不管拜託誰都沒用了。而且無論我試鏡落選多少次，沙織女士都絕不會棄我於不顧，反倒更認真地指導我演戲。

對我而言，這世上真的沒有比沙織女士更棒的指導者了。

「今天也辛苦妳了，小咲。妳的演技越來越好了呢。」

練習結束後，沙織女士這麼向我搭話。

「沙織女士，您不用說客套話啦。畢竟我上次試鏡也落選了。」

「這不是客套話。妳的演技真的變好了。」

「……是嗎？如果真是這樣，都是多虧了您的演技指導。」

其實從國中一年級的中途開始，我依照沙織女士的方針，不是練習扮演各種角色，而是決定找出自己擅長的角色，持續磨練那種角色的演技。

簡單來說，假設有正義的角色與反派角色，我並非訓練自己無論哪邊都能演，而是認清自己擅長什麼角色，只專注練習如何扮演那個角色。

以往的我無論是哪種試鏡的什麼角色，都只顧一心一意地練習。

然而，那樣無論扮演什麼角色都只有半桶水的程度，絕對贏不了擁有天分和實力的人。所以聽到沙織女士的提議後，我花了大約兩年的時間，找出自己擅長扮演的類型，然後比以往更努力練習適合那種類型的角色。

我擅長的類型就是「會清楚表達出感情的女性」。快樂的時候會大笑；悲傷的時候會哭泣——我覺得會坦率表現出這種感情的女性比較容易扮演，是我最擅長的類型。

角色符合我擅長類型的試鏡，我會盡可能報名。即使那場試鏡沒有感覺不錯的角色，說不定會陰錯陽差被選上，而且也可能在技術方面有新發現，所以我姑且也會參加。

不過基本上我是到處報名角色符合我擅長類型的試鏡。

即使做到這種地步，我還是一直在試鏡中落選。

「放心吧，我想遲早會有好消息的。一定要留下好結果，讓妳媽媽認同妳繼續當演員這件事。」

「……說得也是呢。希望事情能那樣發展。」

我也有告訴沙織女士關於媽媽的事，不然說不定會在意外的狀況下被媽媽發現我還沒放棄當演員。說出關於媽媽的事情時，坦白說，我以為沙織女士會反對，認為我放棄當演員比較好。因為她原本就對我繼續當演員這件事持否定態度……但她反倒表示既然都到這種地步了，她會盡力協助我！沙織女士對我而言真的是最棒的指導者。

「對了，筒井小姐又轉交了粉絲信給我，是那個叫小櫻的女孩寄來的喔。」

「咦，真的嗎！」

沙織女士溫柔地點頭肯定我的話後，從放在旁邊的包包裡拿出那封信交給我。

如果被媽媽發現粉絲信，我沒放棄當演員這件事就會穿幫，而且也不曉得粉絲信本身會有什麼下場，所以沒辦法帶回家。

目前是由友香在經紀公司把粉絲信轉交給我，我看完之後再直接還給友香，她會小心地幫我保管……但友香忙碌的時候就是由友香把粉絲信交給沙織女士，沙織女士再轉交給我，然後我看完再還給沙織女士，沙織女士改天會幫忙把信交給友香。

「謝謝您。」我向沙織女士這麼道謝後，打開熟悉的粉紅色信封。裡面跟以往一樣裝著塞滿文字的信紙。

內容是關於我只有出現幾分鐘，在上星期與這星期播出的節目。小櫻在信上寫著她買了我在節目上介紹的飾品，還動手做了我介紹的簡單料理。只要是我介紹的東西，不管是什麼，小櫻都會去購買或動手實踐。

話說我經常在想，這樣好像我在跟小櫻這個客戶推銷商品喔。

……不過一想到她是喜歡我才這麼做，老實說我很開心。

然後粉絲信最後是用「我會一直期待某天能看到小咲精彩的演技！請妳今後也努力加油！」來結尾。

是為了避免我灰心喪志嗎？小櫻一定會在粉絲信上寫到她很期待看到我演戲。這點也讓我非常開心。

「謝謝您，沙織女士。」

看完內容後，我將粉絲信還給沙織女士。

小櫻的粉絲信拯救了差點要放棄當演員的我時，我曾拜託友香，寫過一次回信給她，但「愛麗絲」的高層表示這樣可能會引發問題，嚴格警告我即使是間接性，也應該避免無謂地與粉絲接觸。

之後我就沒有寫過回信給小櫻了。因為我覺得如果我無視高層的警告，被「愛麗絲」開除，那樣會讓小櫻更難過。

「沙織女士，我可以再練習一下嗎？」

「咦，那個……妳今天已經練習很久了，不會累嗎？」

要說我不累是騙人的，但看了小櫻的粉絲信後，我覺得自己必須更努力。然後我再次拜託沙織女士延長了練習時間。

妳等我喔，小櫻。我馬上就……或許無法馬上，但就算是慢慢來，我也絕對會再次讓小櫻看到我在演戲的模樣！

◇◇◇

隔天的午休時間，我在學生會室裡吃午餐。

會在這裡吃午餐，是因為我直到剛才都在處理今天的學生會工作。

今天有沙織女士的演技指導，如果比開始時間提早一點去，就能請她指導我更多時間，因此我在午休把工作都先處理完，這樣放學後就可以直接離開了。

「明明不用連篤志你都跑來幫我忙的啊。」

我對若無其事坐在我旁邊吃午餐的篤志這麼說了。我在處理學生會的工作時，他不知從哪裡聽說了這件事，也跑來學生會室幫我的忙。

「妳在說什麼啊？我畢竟也是副會長，當然會幫忙吧？」

「這……哎，或許是這樣沒錯啦……」

回過神總會發現篤志在幫我，所以會覺得……我是不是給他添麻煩了，但我又說不出口……因為感覺很難為情嘛。

就在我這麼心想時，手機忽然響了。是友香打來的。

『小咲，小咲！大新聞喔！』

我一接起電話，友香劈頭就激動地這麼嚷嚷。

「看妳這麼慌張，是怎麼了啊？」

『有一個很棒的好消息要告訴妳喔！』

友香用雀躍的聲音這麼說。好消息？難道說……！

「該不會是我試鏡通過了？」

『咦……抱……抱歉，不是這件事……』

「是……是嗎……那是什麼事？」

我再次詢問，於是友香有些興奮地說了：

『其實啊，是關於妳最近參加的試鏡……』

最近參加的試鏡。我記得那個試鏡會場所在的大樓隔壁有劇場，我差點以為是要在劇場參加試鏡。

『那次試鏡……雖然結果沒通過，但當時有一位叫蓮川小姐的評審，她對妳的演技很感興趣喔！』

「對我的演技感興趣……？」

『沒錯！她說妳只要好好磨練，演技一定會變得很出色！』

友香的聲音彷彿快哭出來了。一定是因為以前從來沒有人看到我的演技後，會給予這麼高的評價吧。話說我也有點想哭就是了。

因為即使只是一小步，感覺自己似乎稍微接近了大明星這個目標。

然而，現在可沒空因為這種事沉浸在喜悅裡。好不容易多了一絲希望，接下來我得更努力磨練演技。啊，不過得先向沙織女士道謝，因為這次的事情肯定是多虧了沙織女士的演技指導。

『而且呀，這件事不是只有這樣而已喔！』

正當我一個人鼓起幹勁時，友香這麼說，然後接著告訴我：

『那位稱讚妳演技的蓮川小姐，好像在幾年前創立了劇團，她說下次會舉辦入團甄選，問妳要不要參加！那是可以領到正式薪水的職業劇團！這是個大好機會喔！』

「稱讚我演技的人創立的職業劇團甄選……」

就跟友香說的一樣，這是個大好機會。

既然對方多少對我有點期待，只要好好發揮出至今累積的努力，被選上的可能性會比以前參加的試鏡稍微高一點。

然而，這個對我而言的「稍微高一點」正是個大好機會。而且能進入職業劇團的話，說不定媽媽也會認同我繼續當演員。

「我要參加入團甄選！」

『我想也是！我就覺得妳一定會這麼說，已經告訴對方妳會參加了！』

不愧是我的經紀人，很了解我嘛。

接著我們稍微討論了今後的計畫，然後結束了與友香的電話。

「發生什麼好事了嗎？」

一直在旁看我講電話的篤志這麼詢問，於是我用雀躍的聲音回答：

「我下次要參加劇團的入團甄選。」

「真的假的？太厲害了吧！」

篤志這麼說，替我感到高興。他這種地方從以前就沒變。

「如果被選上，我就是舞台劇演員嘍。假如我被選上了，篤志你──」

「我當然會去看妳表演啦！我會去捧場大概一百次！」

「……你回答得太快了吧。還有捧場一百次太誇張啦。」

他明明連劇場的門票一張要多少錢都不知道。

……但他直接坦率的這番話讓我非常開心。

「你看著吧，篤志。首先我會拚命通過這次甄選，接著慢慢爬上通往大明星的階段！」

「好，妳一定可以的！加油啊！」

篤志露出笑容這麼鼓勵我，讓我感覺內心溫暖了起來。

自從差點放棄當演員，然後想再努力一次後，我一直受到很多人的支持與幫助。篤志、友香、沙織女士……還有小櫻。

一方面也是為了這些人，無論如何都要通過下次的甄選。

這時我打從心底這麼想了。

——但就在幾天後，最糟糕的情況在等著我。

◇◇◇

「我回來了～」

放學接受完沙織女士的演技指導後，我回到家。

因為要參加劇團的入團甄選，我比平常更起勁地練習演技，也因此又延長了練習時間。

「妳回來啦，咲。」

我一進客廳，就看到媽媽坐在沙發上。

「妳回來得真晚，今天有工作對吧？」

「對啊。是綜藝節目的工作。」

雖然因為追加練習而晚歸，但我有事先告訴媽媽我可能會因為工作比較晚回家，所以沒有任何問題。

「妳吃晚餐了嗎？」

「嗯，我吃過才回來的。」

練習結束後，我在回家路上到便利商店買了一個飯糰當晚餐吃。

當然我有先傳訊息告訴媽媽。畢竟要是媽媽煮了晚餐，就太對不起她了。

雖然對媽媽不好意思，我現在就連吃晚餐都覺得浪費時間。劇團甄選會使用的劇本已經事先交給我，我接下來必須讀熟劇本才行。

儘管在沙織女士的演技指導時間已經練習了好幾次劇本的台詞，但我要通過甄選的話，光是那樣練習還不夠。即使在家裡，也得盡量去做能做的事情。

而且考試快到了，我也必須增加念書的時間。畢竟要是成績稍微變差，不曉得會被媽媽嘮叨什麼。

感覺今天沒什麼時間睡覺呢……不知道能不能睡上兩個小時。

「咲，我有些話要跟妳說。」

「對不起，媽媽，我接下來得念書準備考試才行。」

我不想浪費一分一秒，準備立刻前往自己房間所在的二樓——但是，就在我邁出步伐的瞬間，有人把我往後拉。

「……媽媽？」

我驚訝地轉過頭去，只見媽媽抓住了我的手臂，而且散發出相當嚴肅的氛圍。

……我有非常不祥的預感。

「咲，妳還在努力想當個演員嗎？」

剎那間，媽媽說出了衝擊性的一句話……為什麼會穿幫？

「那……那怎麼可能嘛。我早就放棄當什麼演員了。」

「真的嗎？妳真的放棄了？」

媽媽用嚴肅的態度這麼詢問。這樣的媽媽讓我覺得有點可怕，我有一種彷彿脖子被人用利刃頂住的感覺。

「對……對呀。證據就是我按照媽媽說的，努力念了很多書，得到好成績……而且我也當上了學生會長對吧？」

「是啊，我覺得妳真的很努力，所以我才會這麼說。妳只要照現在這樣生活，就能充分獲得幸福。」

媽媽懇切地這麼說道。媽媽在兩年前要我放棄當演員後，「妳一定能獲得幸福」、「這是為了妳的幸福」這些話就變成了她的口頭禪。

總……總之！我必須想辦法敷衍媽媽，突破這個困境！

「我說過好幾次了吧，沒有天分又缺乏實力的我，早就放棄當什麼演員了。」

「……是嗎？妳不打算自己承認呢。」

媽媽死心似的這麼說道，然後讓我看她的手機。

手機螢幕上顯示著我進入一棟新大樓的照片。

這是那個叫蓮川小姐的人當評審的那場試鏡……！

「這天妳說妳在圖書館念書對吧。明明如此，為什麼妳會出現在離圖書館很遠的這個地方呢？」

「這……這是……不對，我才想問媽媽為什麼會在這裡……？」

「我是因為……有點事情要辦。先不提這些，如果妳無法回答妳出現在這裡的理由，就由我來幫妳回答吧……我調查了之後，發現這天在照片上拍到的大樓有演員的試鏡。妳是去參加那場試鏡吧？」

媽媽用手機搜尋，秀出詳細記載著當天試鏡行程的網站給我看。那無庸置疑是我參加的那場試鏡的官網。

這下我沒辦法找藉口開脫了，澈底完蛋了……

——但是！我還不能就這樣放棄！

因為有一些人現在也一直支持著差點放棄當演員的我。

而且最重要的是，我已經發現自己非常喜歡演戲。

……既然已經穿幫，那也沒辦法。這次只能努力說服媽媽了。

儘管我至今從未反抗過媽媽……只能放手一搏了！

「媽媽，妳聽我說，我小時候是因為會被大家吹捧，而且媽媽也會稱讚我這種含糊的理由，才從事演員這份工作。可是後來我發現了！我其實非常喜歡演戲！所以——」

「不行，咲，妳還是放棄當演員吧。」

「為什麼？為什麼妳要這麼說呢？」

「我這麼說是為了妳的幸福。」

「可是，一開始是媽媽把我帶進演員的世界吧？」

「！那……那是因為……」

我這個問題讓媽媽語塞了……媽媽看起來有點不對勁。

雖然沒有什麼根據，這下說不定可以說服媽媽。

「求求妳了，媽媽，再給我一次能夠作為演員活躍的機會吧！」

「我就跟妳說不行了吧！總之，妳不能當演員！」

媽媽頑固地拒絕我的懇求，那是絕對不允許我任性的語調。即使感覺可以說服，要直接拜託媽媽讓我繼續當演員好像還是很困難。既然這樣——

「下次有一個劇團的入團甄選，是可以領到正式薪水的職業劇團喔。」

「！是……是嗎……」

我這麼告訴媽媽，於是她露出大吃一驚的反應。

「假如我通過了那個劇團的甄選，希望媽媽可以允許我再次當演員。」

「妳是說假如妳通過那個職業劇團的甄選嗎？」

對於媽媽的這個疑問，我堅定地點頭表示肯定。

與其用一般方法說服媽媽，這樣媽媽說不定還比較願意考慮。

「妳是認真想通過甄選嗎？」

「沒錯，我一定會通過給妳看。」

我毫不迷惘地這麼斷言了。媽媽暫時筆直地注視這樣的我。老實說我完全不曉得這時的媽媽究竟在想什麼。

「……我知道了，我就給妳一次機會。到甄選結束為止，妳也不用勉強自己念書。」

「可以嗎，媽媽？」

「相對地，如果落選了，妳一定要放棄當演員。這是絕對條件。」

「好！我知道了！」

「如果妳食言，我就跟妳斷絕母女關係。」

「咦……我……我知道了。我一定會遵守約定的。」

我感到驚訝，但還是這麼回應了。於是我跟媽媽的對話就此結束。

我在內心鬆了口氣。總之避免了必須立刻放棄當演員的狀況，雖然感覺像是苟延殘喘就是了……

我能否以成為大明星為目標，還是得放棄當演員——一切都看下次的劇團甄選了……坦白說，我知道這會是一場艱困的戰鬥。

就算這樣，我也不會變得軟弱，而且我打算一定要通過甄選。

沒問題的。只要我抱持不惜一死的覺悟徹底發揮出自己的實力，至少能指望自己有機會通過甄選。我一定要通過劇團的甄選，讓媽媽認同我以當上大明星為目標！

……但剛才跟媽媽說話時，媽媽有一瞬間看起來不太對勁，那究竟是怎麼回事呢……

呃，我現在沒空思考那些了。

為了入團甄選，從現在起我得盡量多練習，即使只是多個零點一秒。

畢竟媽媽都說我可以不用勉強自己念書，總之在甄選日前我要把所有心力都灌注在熟讀劇本和練習演技上！

然後我一定要通過甄選！

◇◇◇

跟媽媽約定之後，我立刻把這個約定的事情也告訴沙織女士與友香。

她們兩人都嚇了一跳，然而沙織女士幫我更進一步拉長了練習時間，友香也在不會影響到將來的前提下巧妙地幫我取消了到甄選日前的工作。我在能夠全神貫注於甄選的狀態下，如字面般拚命瘋狂練習。

當然我一直以來也都是盡全力在練習，但這次拚命的程度真的不一樣。

這是當然的。因為根據甄選的結果，我說不定再也無法當演員了。但正因為這樣，我才要拚命練習，拚命去挑戰甄選，然後一定要被選上！

我才不會讓自己通往大明星的道路在這種地方劃下句點！

「噢，羅密歐，羅密歐！為什麼你是羅密歐呢？」

深夜，我在自己的房間小聲讀著劇本。

這次劇團甄選使用的劇本是《羅密歐與茱麗葉》。

參加甄選的女性要扮演的角色就是茱麗葉。

我之所以會向媽媽提議如果通過甄選，希望她可以讓我繼續當演員，當然是因為我覺得有可能被選上；而我會這麼覺得，有很大的原因在於甄選時要扮演的角色。

我擅長的類型是「會清楚表達出感情的女性」。

然後茱麗葉非常接近這種類型。畢竟她不惜拋棄名門之名也想與喜歡的人共結連理，在故事尾聲還為了喜歡的人陷入假死狀態。

那個叫蓮川小姐的人會邀我參加劇團甄選，我想一方面也是因為甄選用的角色感覺是我擅長扮演的類型吧。

所以我才會向媽媽提出乍聽之下很亂來的提議。妳看著吧，媽媽，我會通過甄選，讓平常冷靜的妳大吃一驚，露出奇怪的表情。

「……已經這麼晚了嗎？」

我看向時鐘，已經凌晨四點了。明天要上學，我七點就得出門，所以剩下三小時可以睡……差不多該睡了嗎？要是在甄選日搞壞身體就麻煩了呢。我這麼心想，準備把劇本放到桌上。

於是我在桌上看到一個巧克力色的可愛髮夾。

這是昨天小櫻寄來的粉絲信裡裝著的東西。

我並沒有告訴她關於甄選的事……應該說我沒有方法可以告訴她，所以沒能跟她說，但不知為何，她剛好挑在這時送了這個髮夾給我。

粉絲信上寫著這是給不斷努力的我的禮物。

根據小櫻的說法，似乎是這個髮夾尖尖的感覺看起來很強，很像我的風格。

她這樣是在稱讚我嗎……不過，我覺得非常開心。

她總會在重要的時刻給我勇氣。

「……我再稍微練習一下好了。」

之後我練習了兩小時。結果我只睡一小時就去上學了。

就這樣，我每天都把一天的大半時間用在甄選的練習上。

我一定要通過甄選，進入劇團！

然後我的目標是成為只要看過我的演技，無論是誰都會迷戀上我的——一流女演員！

我堅定地抱持這樣的心情度過每一天。

然後——來到了劇團甄選當天。

◇◇◇

在甄選會場的休息室。這裡有五十人以上的參加者，每隔一段時間會有幾個人被叫去試鏡。

這次甄選的目的似乎是發掘年輕演員，參加者的年齡幾乎都介於十五～二十五歲之間，偶爾也會看到年紀跟我差不多的女生。

這當中會通過甄選的，僅有一人而已。

「噢，羅密歐，羅密歐！為什麼你是……這裡還是應該更——」

我等待輪到自己上場，同時繼續摸索更好的演技，直到要上場前的最後一秒。

照目前這種狀態去挑戰試鏡，我也不會留下後悔……但我還是想努力掙扎到最後一刻！因為我想在試鏡時表現出人生中最棒的演技！

「……欸。」

「噢，羅密歐，羅密歐……這裡再稍微——」

「……欸欸。」

「噢，羅密歐！羅密歐！為什麼你是——」

「我搔妳癢～～！」

正當我在練習時，有人搔了我的側腹一帶。搞……搞什麼啊！

我驚訝地轉頭一看，只見那裡有個穿著白色連帽衣的美麗少女。

她的膚色白皙，頭髮染成褐色，留到肩膀附近。

然後年紀跟我差不多大。一定就是這個女生搔我癢的吧。

「妳突然在做什麼啊？」

「我說，拚命練習是很好，但不可以妨礙到別人喔。」

連帽衣少女伸手指了指，於是我發現有其他女生就在身旁。看來我似乎過於投入練習，甚至侵犯到別人的練習空間了。

「！對……對不起！」

我開口道歉，於是身旁的女生表示：「完全不要緊喔～～」原諒了我。

然後我回到自己原本的位置……但不知為何，連帽衣少女也跟了過來。

「那個……還有什麼事嗎？」

「沒有，雖然沒什麼事，但我覺得妳的演技很棒呢！」

「是……是嗎？謝謝妳。」

「妳叫什麼名字？可以告訴我嗎！」

「咦……綾……綾瀨咲。」

「綾瀨同學的演技很棒呢！啊，我叫七瀨玲奈！」

感覺情緒很高亢地找我說話的連帽衣少女——七瀨同學。

既然在這間休息室裡，就表示她也會參加試鏡。

為什麼她要稱讚競爭對手的演技呢？該不會我被小看了？

「妳竟然有空關心別人的演技，還真是從容。妳真的想通過甄選嗎？」

「啊！那個髮夾很可愛呢！」

「妳好好聽別人說話啦！」

這傢伙搞什麼啊……唉，感覺要一一回應也很麻煩。

應該說我根本沒空跟這種莫名其妙的女生閒聊。

「我想練習演技。沒事的話，能請妳離開嗎？」

「也……也是呢！該怎麼說，看到妳精彩的演技，忍不住想跟妳做朋友！對不起喔！」

七瀨同學雙手合十向我賠罪後，快步回到她原本待的地方。

她並不是什麼壞女孩嗎……？真搞不懂她這個人呢。

「噢，羅密歐，羅密歐，為什麼你是羅密歐呢？」

正當我感到不可思議時，就看到七瀨同學在演戲……有種說不上來的感覺。

「今天練習總覺得狀況不太好，雖然只要站在觀眾面前應該就能像平常那樣表演。」

七瀨同學一個人說著這些話。我是很想認為自己應該比她優秀……不，不能有這種想法，畢竟我沒有天分和實力。

會被找來參加這場甄選也像是奇蹟一般。

但我會把握這個奇蹟！

「小櫻，借給我力量吧。」我伸手摸著夾在頭髮上的髮夾。沒問題的，今天一切都會很順利，幾天後應該就會收到合格的通知……好，加油吧！

然後直到輪到我上場前的關鍵時刻，我一直不斷練習。

幾乎所有參加者都被叫去試鏡，休息室裡快沒人時，我終於被相關人員叫到，前往試鏡會場。

◇◇◇

正逐漸嶄露頭角的新銳劇團——「夕凪」。

這是如果我這次通過甄選就能入團的劇團名稱。

原本就以編劇和劇場導演的身分遠近馳名的蓮川明美小姐因為想在自己的家鄉創設劇

團，於幾年前剛創立了這個劇團。
蓮川小姐主張都找沒聽過的演員來演會比較有趣，因此劇團團員都是沒沒無聞的演員。不過所有人都是蓮川小姐認可的演員，所以都確實具備天分與實力……假如我進入了「夕凪」，說不定會像是走錯棚。
就算這樣！我還是想進這個劇團！當然一方面是因為跟媽媽的約定，但如果能進「夕凪」，感覺可以朝大明星這個目標邁進一大步！
所以我要在今天的試鏡拚命表現出演技，進入「夕凪」！
「今天請多多指教！」
走進試鏡會場後，我活力充沛地向其他人打招呼。
得小心不要在演技以外的部分被扣太多分！
會場大概是平常用來排練的房間，沒有任何多餘的東西。
「請多指教嘍～～」「請多指教。」
房間中央有三個擔任評審的人，其中兩人回應了我的招呼。
「好久不見了，綾瀨同學。」
接著最後一個回應我的是蓮川小姐。
「好……好久不見了，蓮川小姐。」

「喔！妳記得我啊？」

「是……是的。我記得所有評審過我演技的人。」

「那還真厲害呢！不過綾瀨同學，妳有點緊張過頭嘍。」

蓮川小姐笑著這麼說，不過我當然會緊張了。因為我把一切都賭在這次的甄選上了……但是，沒問題的。畢竟我至今從未因為緊張而無法順利演戲，這份緊張感應當也會在我演戲時朝好的方向發揮作用。

「那妳今天好好加油嘍。」

「是……是的！謝……謝謝您的鼓勵……！」

之後我坐在並排的其中一張椅子上。目前除了我，還沒有其他人進來……不，說起來還留在休息室裡的就只有我跟另外一個人，所以會來這裡的一定是——

「今天請多多指教！」

門被用力打開後，剛才那個穿連帽衣的七瀨同學走了進來。

這女生還是一樣穿著連帽衣耶！開門也很大聲……她是不懂什麼叫禮貌嗎？也因此有兩個評審嚇了一跳，沒能回應她的招呼。

「哎呀呀，來了個很有精神的女孩呢。」

「今天是我第一次參加甄選，我想至少要表現出很有精神的樣子！」

七瀨同學開朗地笑著。是很有精神啦，但跟現場氣氛太不搭了。

就算是第一次參加甄選，這些也是基本常識吧。

……這女生真的想通過甄選嗎？

「原來如此。哎，有精神是好事。總之，妳先在那邊坐下吧。」

聽到蓮川小姐這麼催促，七瀨同學回了一聲：「好！」然後坐在我旁邊。自從走進房間後，七瀨同學就一直很開心似的笑著……她一定是志在參加，把這次甄選當紀念吧。

不然在甄選時這麼沒有緊張感，實在是……

儘管蓮川小姐看起來很正常地應對，但看到七瀨同學從進房間後到目前為止的行為，應該也在內心偷偷扣分了。再說其他兩個評審也露出了苦笑。

然後蓮川小姐開口說道：

「我是蓮川明美，擔任『夕凪』的團長……那麼，我就廢話不多說，可以直接開始評審兩位的演技嗎？」

「好的！」「……好的！」

我們兩人一起回應蓮川小姐這番話。

現在已經放鬆了不少，正好讓我能變得更專注。

感覺這樣應該可以表現出很棒的演技！我直覺地這麼認為。

「那麼首先……從七瀨玲奈同學先開始吧。」

「好的！我知道了！」

聽到蓮川小姐點名，七瀨同學站了起來……不是我先表演嗎？

雖然很想快點在這種理想的狀態下演戲……這也沒辦法。

只管在七瀨同學的表演結束後，換我展現出最棒的演技就是了。

「要扮演的角色是茱麗葉。請妳從劇本裡任意選出四句台詞來表演吧。」

蓮川小姐仔細說明試鏡方式。

跟事先拿到的資料上寫的內容一模一樣。

我也選好了四句台詞，是最容易表露出感情的台詞。

因為我覺得越是能表露出感情，就越能發揮我的演技。

「七瀨同學，準備好了嗎？」

「是的！沒問題！」

最後蓮川小姐這麼確認，於是七瀨同學用力點了頭。

「很好。那妳覺得可以時就開始表演吧。」

聽到蓮川小姐這麼說，七瀨同學大口深呼吸。

她明明直到剛才都還笑咪咪的，卻突然正經起來了。

不過，她在休息室裡的演技非常普通，而且她還說過這是她第一次參加甄選，應該很難立刻進入狀況吧。

希望結果不會太悲慘就好……

就在這時候——

「噢，羅密歐！羅密歐！為什麼你是羅密歐呢？」

景色在一瞬間就改變了。

當我回過神時，原本單調乏味的房間已經變成了凱普萊特家的庭園。

可以在二樓窗戶看到茱麗葉哀嘆的身影。她心愛的人就在底下。

當七瀨同學一開始表演，就能鮮明地看見這樣的光景。

與此同時，全身顫抖了起來，不是深受感動這樣的程度而已。

有種彷彿我的心都被她的演技奪走了的感覺。

不能發出聲音。不能發出一丁點聲響。

總之不能妨礙她演戲。

我只是在觀看表演，卻有種不可理喻的緊張感襲向我。

而且——僅僅一句台詞我就明白了。

噢，這就是「天才」啊。

或許經常演出連續劇和電影的演員比七瀨同學更會演戲，但七瀨同學的演技有一種與眾不同，彷彿能吸引某人……不對，並不是那麼溫和的東西。

七瀨同學的演技有一種可以擄獲人心的力量。

實際上我就已經成了她演技的俘虜。

我甚至連一秒鐘都不想移開視線。

那些評審一定也一樣吧。當然蓮川小姐也是。

七瀨同學之後也繼續表演。

這段時間是真的沒有任何人說話，而且連一毫米都動不了。

簡直就像七瀨同學光靠演戲就支配了在場的四個人。

「謝謝大家！」

七瀨同學表演完畢後，活力充沛地這麼打招呼。她一停止演戲，就完全換了個人。

「各位評審……？」

七瀨同學一臉不解地呼喚依舊不發一語的評審們。

「啊，對……對不起喔！不小心發起呆！」

蓮川小姐先一步開口說話後，其他兩人也像回到了現實，開始說了：

「已經表演完畢的話，可以先坐下嘍。」

「好的！謝謝各位！」

蓮川小姐這麼說，於是七瀨同學鞠躬後坐回椅子上。

根據評審的性格，有人會仔細把感想告訴每一個參加者；有人什麼都不說，以免被參加者知道自己合不合格；還有人會稍微提出建議。

我在上次試鏡中得知蓮川小姐是不會對參加者說任何感想的人。

……但還是隱約可以察覺這次甄選的結果。

這次甄選的合格者一定是七瀨同學吧。

無論有誰表現出怎樣的演技，首先都不可能超越她。

七瀨同學的演技就是這麼令人震撼，遙遙領先所有參加者。

「那……那麼接著換綾瀨咲同學。」

「咦……是……是的！」

聽到蓮川小姐呼喚我的名字，我稍微嚇一跳，然後站了起來。
「試鏡的表演方式就跟剛才向七瀨同學說明的一樣，沒問題吧？」
「是……是的！沒……沒有問題！」
儘管我這麼回答，但只是嘴上這麼說，腦袋完全沒在運轉。
對……對喔……接著換我表演了。
我……我得表演才行，表現出最棒的演技。
「綾瀨同學……？」
「！是……是的！沒問題！我……我馬上就開始表演！」
沒錯。我沒問題的。
從事演員這份工作後，我一直只想著如何讓演技變得更好。
練習也是從來沒偷懶，一直拚命努力。
我不斷努力反覆練習了好幾年。
我有信心自己比全世界的任何人都更認真地把一切賭在演戲這件事上。
所以我一定能在這裡表現出最棒的演技。
我會通過甄選，進入「夕凪」。
讓媽媽認同我繼續當演員。

然後我要盡情以成為大明星為目標！

——反正合格的一定是七瀨同學，上台表演有意義嗎？

不對！不對不對！不能這麼想！

七瀨同學的演技的確很厲害。

但是！就算這樣，也不是我放棄的理由！

如果我能在這裡展現出最棒的演技，說不定會有兩個人合格不是嗎！

——明明沒有天分也沒有實力，為什麼還要繼續當演員啊？

……我在這種時候胡思亂想什麼啊。

那當然是因為我很喜歡演戲啦。

沒天分又如何？沒實力又怎樣？

因為我很喜歡演戲，才想當演員啊！

——無論有多喜歡演戲，縱然熱愛演戲也一樣。

……吵死了。

——什麼都沒有的妳無法成為任何人。

吵死了！吵死了！

——無法成為什麼大明星。

才沒那回事！我一定會成為大明星！
只要看過我的演技，無論是誰都會迷戀上我！
我會成為那樣的大明星——

『對不起喔。這次應該不合格吧。』『說是以前的天才童星，但演技實在不怎麼樣。』
『演技是不錯啦，但就只是不錯而已吧。』『小學四年級才這種程度嗎……』『雖然外表是很可愛啦。』『總覺得少了點什麼。』『感覺得出來很努力在演，但還是不太行啊。』『表達能力完全不夠耶。』『妳是那個天才童星對吧。該怎麼說呢，演技實在不怎麼樣……』『沒有讓人覺得感動的地方。』『感覺不到妳有在用心演。』『或許妳很努力在演，但妳得更努力才行。』『這是沒天分……啊，對不起喔，沒事。』『嗯～～就憑這種演技，不太行耶。』『明明是小學六年級，這樣……』『無論是台詞的講法還是演技，都不值一提。』『妳是那個天才童星小咲！原來妳還在當演員啊。』『妳真的有努力在演嗎？』『這是練習不足。』『妳有幹勁嗎？』『我知道妳很拚命在演，但就憑這樣是行不通的吧。』『那樣是不行的啊。完全不行。』『我這麼說有點嚴厲，但妳沒有天分啊。』『妳的演技很正經八百，讓人完全沒有雀躍期待的感覺。』『沒有亮眼之處。』『妳到目前為止都在幹嘛？』『無法撼動人心耶。』『這樣沒辦法給人帶來感動啊。』『感覺不到任何可能性。』『妳是看不起演戲嗎？』『演技根本不行。妳是不是因為以前被叫天才童星，就自以為很厲害啦？』『我說啊，妳最好放棄當演員。』『妳可以不用再表演嘍。』『說不定隨便找個外行人來演都比妳厲害。』『演技毫無魅力可言。』『沒有那種拚命在演戲的感覺。』『妳的演技好像模範生，實在很乏味耶。』

——我的腦袋變得一片空白。

◇◇◇

甄選結束後。在太陽已經下山，天空一片漆黑的景色中，我一個人走在回家的路上。擦身而過的人都用驚訝的眼神看向我，然後經過我身旁……現在的我臉色大概很難看吧。

雖然自己看不到，但我一定露出了死人般的表情。

「……我到底在做什麼啊。」

試鏡以至今最糟糕的狀態結束了。我被七瀨同學的演技震撼住，甚至回想起以前試鏡時被說的那些難聽話。

我的手腳開始顫抖，思考變得非常遲鈍，就算這樣，我還是勉強展現出了演技……的樣子。

老實說我沒有記憶。回過神時，我的表演已經結束，眼前只看到兩個傻眼的評審與一個失望的評審。蓮川小姐露出了失望的眼神。

……說真的，我到底在做什麼啊。

「這下我就不能當演員了。」

如果甄選沒有通過就放棄當演員。這是我跟媽媽的約定。

首先可以確定結果一定是不合格吧。

……但是，如果現在就回家再次試著說服媽媽……好好告訴媽媽我有多喜歡演戲……說不定媽媽會讓我繼續當演員。

……嗯，就這麼辦吧。即使可能性很低也不能放棄。

畢竟我可是要成為大明星，所以絕對不能放棄。

我不能放棄……我不能……放棄……

『噢，羅密歐！羅密歐！為什麼你是羅密歐呢？』

……為什麼她能表現出那樣的演技呢？而且還是在首次參加的甄選會上。

如果我今後也再反覆練習，也能變成像她那樣嗎？

演技能變得可以吸引觀眾，甚至支配觀眾嗎？

把練習時間拉得更長就好了嗎？報名參加更多甄選就好了嗎？

可是，我很早以前就縮減了跟朋友一起玩的時間，甚至縮減跟朋友聊天的時間，還犧牲了睡眠時間。不管被評審說了什麼，我也忍著內心受的傷，努力撐了過來。

我不斷在消耗自己的身心——

「我已經沒有可以犧牲的東西了……」

以前我曾經有一次在試鏡時被說演技就像「模範生」。
當時我認為對方只是想說我的演技不吸引人。
……但我現在總算理解了。
所謂的「模範生」其實就是「做了無謂努力的凡人」。
「模範生」不管怎麼努力，就算拚上自己的性命，也絕對無法變成「天才」。
絕對贏不了「天才」，無法追趕上「天才」。
「模範生」永遠都不可能學會像七瀨同學那樣會支配別人……甚至會吸引別人的演技。
因為「模範生」始終只是「凡人」的進化版。
換言之，我是無法成為大明星的。
我今後一輩子都不可能成為大明星。
「……一直努力了好幾年的結果卻是這樣嗎？」
雖然是我明知自己沒天分也沒實力卻還不肯放棄當演員，但這樣實在太殘酷了。至少只有一丁點也好，讓我有所收穫也不為過吧——

……算了。我已經不想思考任何事了。

「綾瀨同學！」

這時忽然從背後傳來一個聲音。是非常耳熟的聲音。

我轉過頭一看，只見七瀨同學就在那裡。

「……妳怎麼會在這裡？」

「我是為了把綾瀨同學忘了帶走的東西物歸原主，才一直在找妳……妳還好嗎？」

七瀨同學一臉擔心地這麼詢問。然而看到她的臉，就有一種無法壓抑的情緒湧現——不行。無論我再怎麼羨慕七瀨同學或是感到嫉妒，都絕不能把這種心情發洩在她身上。

為了暫且冷靜下來，我大口深呼吸了一下。

「我不要緊，妳別放在心上……先不提這些，我忘了帶走的東西是指？」

「啊，等等喔……就是這個！」

七瀨同學遞給我的是巧克力色的髮夾。

是小櫻送我的禮物。

「這……這個！妳在哪裡發現的？」

「掉在休息室裡。因為妳試鏡時還夾著，應該是在試鏡結束後要把東西帶回家時意外弄掉了吧？」

「原……原來是這樣啊……」

「幸好妳還在甄選會場附近！來，還給妳！」

七瀨同學笑咪咪地把髮夾交給我。她果然不是什麼壞女孩。

「謝……謝謝妳。」

我接過髮夾後，把髮夾……直接收進包包，沒有夾上頭髮。

……好，我還是快點回家吧。雖然七瀨同學是非常善良的人，但現在的我再繼續跟她待在一起的話，感覺好像會抓狂。

「綾瀨同學妳的演技！那個……非常精彩喔！」

七瀨同學突然這麼說了。她是在耍我嗎——我並沒有這麼想。她大概是在安慰試鏡時無法順利表演的我吧。

「不用說什麼客套話啦。畢竟七瀨同學妳的演技要出色太多了。」

「！是……是嗎！」

七瀨同學臉頰泛紅，一臉害羞的樣子。既然她是第一次參加甄選，表示她應該沒多久前才開始立志要成為演員。她是不是沒什麼被稱讚的經驗呢？

「但是綾瀨同學妳的演技也真的很棒喔！那……那個……」

「妳說練習時的演技？」

我這麼詢問，於是七瀨同學說不出話，露出為難的表情。

「我很高興妳這麼稱讚我，但練習時演得好也沒用啊。無法在正式演出時發揮實力的話就沒有意義。」

而且就算我在正式演出時表現出人生中最棒的演技，也絕對贏不了七瀨同學，搞不好還會陷入比現在更加絕望的心情。

即使我使出渾身解數，也絕對比不上她的演技。

「我先走嘍。」

「啊，綾瀨同——」

「別靠近我！」

我加強語氣對還想表示些什麼的七瀨同學這麼說了。

儘管我看起來若無其事地跟她交談，精神上已經瀕臨崩潰邊緣，感覺隨時都會對七瀨同學口出惡言。

在傷害到她之前，為了不讓自己繼續受傷……我還是趕緊回家吧。

我丟下驚訝不已的七瀨同學，邁出步伐。

「綾瀨同學！雖然這次……結果不太理想，希望下次甄選可以再見到妳！我很喜歡妳的演技喔！明明才看了幾次！我覺得這樣非常厲害！」

七瀨同學在後方這麼說，但我毫不在乎，繼續前進。
什麼喜歡我的演技，客套話就免了吧……我才不需要那種東西。
而且什麼下次甄選，說起來，妳已經通過今天的甄選了吧……哎，但她今天才第一次參加甄選，可能還猜不到結果嗎？
還有，我已經沒有下次了。並不是因為跟媽媽的約定。
而是我已經徹底灰心喪志了。
不對，豈止灰心，應該說已經心碎到不留形體了。
……我已經瀕臨極限了。
——所以我要放棄當演員。

◇◇◇

「等一下啦！小咲！」
甄選會隔天。放假的我前往「愛麗絲」，告訴友香我要跟經紀公司解約，放棄當演員。
既然要放棄當演員，繼續在公司占一個位置也沒有意義。

「友香，麻煩妳幫我處理解約要跑的流程嘍。正式解約時我會再來一趟。」

「就說先等一下嘛！妳怎麼突然說要解約呢！」

我準備離開經紀公司時，友香跑到我前進的方向挽留我。

「這也沒辦法吧。因為我跟媽媽約定好了，如果沒有通過甄選，就要放棄當演員。」

「就算這樣，妳居然這麼乾脆就要解約！這一點都不像妳喔！」

「……不然呢？妳是要我照現在這樣一直參加演員試鏡嗎？明明到現在都沒被選上過，妳還要我一直一直一直去報名然後又落選個幾千幾百次，直到被選上為止嗎！」

「小……小咲……」

我打從心底這麼吶喊，於是友香浮現出不知所措的表情。

「我可不是機器人，我是有感情的。被人批評會覺得受傷，失敗也會感到沮喪。無論我有多喜歡演戲，也不可能不管被怎麼對待都能永遠忍受下去……」

我用非常沒出息的聲音這麼告訴她，接著說了：

「我已經充分努力過了吧，我很拚命努力了不是嗎……可以讓我放棄了吧。」

沒錯。我真的很努力了，已經努力到沒有留下任何後悔。

我都這麼努力、這麼拚命、這麼勤奮卻還是不行的話，那也沒辦法。

我應該已經……可以放過自己了吧。

聽到我懇求般的話語後，友香也不再堅持要說服我了。

「還有這個，能請妳幫我寄出嗎？」

「……這是……」

「給小櫻的信。反正都要跟經紀公司解約了，最後寄一次信給她也沒關係吧？我得好好告訴她我會放棄當演員這件事。」

「！妳……妳在說什麼啊！這樣小櫻太可憐——」

「妳一定要幫我寄出，這是我一生一次的請求。」

我雙眼直視著友香，這麼告訴她。

「……好吧。」

「謝謝妳，友香。」

我這麼感謝友香後，再次邁出步伐，離開她身旁。

然後我離開了「愛麗絲」。

「我回來了。」

回家後我前往客廳，只見媽媽坐在沙發上。

……但媽媽沒有發現已經回來的我。

「媽媽……？」

「！咲，妳回來了啊……對不起，我不小心發呆了一下。」

媽媽這麼說道，伸手按著眼角。她是不是累了呢……？

「先不提這些，妳跟經紀公司解約了嗎？」

「……嗯，我去解約了。」

我這麼回答，於是媽媽只說了聲：「是嗎？」

「我今後會按照媽媽說的，度過正確的生活。雖然至今也有用功念書，以後我會更努力用功，考上好高中和好大學，然後找到一份好工作。」

「……是嗎？謝謝妳，咲。」

媽媽面不改色地這麼說完，走到我身旁。

接著她像是要讓我感到安心，將雙手搭在我的肩膀上。

「沒問題的，只要妳按照我說的去做，一定能夠獲得幸福。」

「……嗯，我明白。」

「無論發生什麼事，媽媽都一定會讓妳獲得幸福。」

「……謝謝妳，媽媽。」

媽媽說她會讓我幸福。我這麼幸運的女兒應該不多見吧。

我能生為媽媽的女兒真是太好了。
今後只要乖乖聽媽媽的話就好，光是這樣我就能獲得幸福，不用再自己去思考多餘的事情。
不用再痴心妄想要成為大明星什麼的。
……真是太好了。

◇◇◇

跟媽媽說完話後，我想休息一下，於是移動到自己的房間。
然後我躺到床上……一切都結束了呢。
雖然要過幾天才會與「愛麗絲」正式解約，也還剩下幾個電視節目的工作，但我也打電話告訴沙織女士我要放棄當演員的事了，所以再也不會接受她的演技指導。
我告訴沙織女士我要放棄當演員時，她跟我說了：「妳一直以來都很努力呢。」
她應該也有很多想法，卻還是先這麼慰勞我，讓我感到十分過意不去，差點哭出來。
我也跟爸爸說了要放棄當演員，但他就像以前那樣只是又說了聲「這樣啊」。果然爸爸毫不在乎我是否要當演員。

我什麼都還沒跟篤志說……不過如果是他，一定能諒解的。畢竟他是我的青梅竹馬，而且我們從還待在嬰兒推車裡時就在一起了嘛……希望他可以明白。

我在給小櫻的信上老實寫出了我放棄當演員這件事還有理由。她至今當我的粉絲當了好幾年，還一度拯救了差點要放棄當演員的我，我對她真的有說不完的感謝。

所以就算她對我感到憤怒或失望，我也沒資格抱怨。

我在信件最後附上了一句話，然而光是這樣應該還是無法獲得她的原諒吧。

……但是，已經無所謂了。因為就算小櫻今後繼續當我的粉絲，也不會有任何好事。

我今後會邁向正確的人生。

我會用功念書，考上好高中和好大學，找到一份好工作——然後跟喜歡的人結婚，生下愛的結晶嗎……嗯，感覺非常幸福呢。

假如今後有這樣的幸福在等著我，那不是棒呆了嗎？

——但是，那樣真的是屬於我的幸福嗎？

一瞬間有多餘的思考閃過了腦海，但我立刻打消那種念頭。

不管想什麼都沒用了。

我根本無能為力。

因為我是「模範生」嘛。

幕間

升上國中後，我也一直過著每天替小咲加油的生活。

爸爸與媽媽的方針還是一樣逼我一直念書，升上國中後，要念書的時間變得更長了……老實說很難受。

但是！只要能看到小咲的身影一眼，我就能打起精神！

當然我也持續寄粉絲信。小咲正在努力奮鬥，為了參與電視節目，還有再次以演員身分在電視劇和電影中活躍，希望我的信能稍微鼓勵到她。小咲曾經回過一次信給我，但後來就完全沒有回信了。不過這是理所當然，即使是間接性，與粉絲接觸好像也不太好，而且追根究柢，收到回信反而才是特例。

我也很喜歡參加電視節目的小咲，但還是希望有一天可以看到演戲的小咲。

因為即使我偶爾會看連續劇，也沒有半個像小咲那樣閃閃發光，讓人感受到「強大」的演員。果然對我來說最棒的還是小咲。

——就在某一天，我念完預定要念的進度後，香織阿姨像以前某次那樣交給我一封信。

該不會……我這麼心想並看了一下信封，發現是小咲隸屬的「愛麗絲」寄來的。我感到驚訝，我之前送了髮夾給小咲，說不定是小咲寫了這封信當作回禮！

我雀躍地拆開信一看——真的是小咲寄來的！實在太開心了！

我在內心宛如祭典一般的狀態下立刻看起了信件內容。

然後等我看完信，我又重看了一遍。重看了一遍後，我又重看了第二遍。我反覆閱讀了好幾次——才總算理解這封信的內容。

「……騙人。」

這封信上——洋洋灑灑地寫著小咲要放棄當演員的內容。

小咲在信上寫了她為了以演員身分再次活躍而努力，但內心無法再承受下去；還有她沒有天分又缺乏實力，不可能成為大明星；以及從好幾年前開始，我似乎就是對小咲而言唯一的粉絲，她一直受到這樣的我鼓勵，十分感謝我。然後在這封信的最後——

『對不起。』

她附上了這麼一句話……這是騙人的吧。因為小咲曾跟我說她會變成大明星，要我等著看啊。她很帥氣地跟我這麼說了。

所以我也打算一直當小咲的超級粉絲……總之，小咲不可能輕易放棄當演員——不，她不可能輕易放棄的。

那個小咲會放棄當演員，應該是有相當深刻的覺悟才下定決心這麼做的。

既然這樣，我也必須接受事實，然後支持小咲的下一個人生。

因為這就是我身為小咲的超級粉絲唯一能做的事情。

「要看一下小咲演出的連續劇錄影嗎？」香織阿姨忽然這麼問我。她是察覺到我明顯大受打擊，想要鼓勵我吧。

我決定恭敬不如從命，照她說的看連續劇。關於小咲以前曾演出的連續劇，香織阿姨都用她房間附錄影功能的電視幫我全部錄下來了。她好像是為了我，跟爸媽表示可以不用加薪，但想要一台有錄影功能的電視。

雖然香織阿姨喜歡偷懶，但她工作能力很強，真的是個溫柔的幫傭。

然後我跟香織阿姨到她的房間一起觀賞小咲演出的連續劇。

是小咲的出道作《爸爸是英雄》。

『無論多弱多遜，我還是希望爸爸可以繼續當英雄！』

無論觀賞幾次，演戲的小咲看起來都閃閃發亮，還有一種難以言喻的「強大」。小咲果然非常帥氣呢——我打從心底這麼認為，同時也忍不住這麼想：

……小咲真的想放棄當演員嗎？

她是不想再當演員才放棄的嗎？那是她的真心話嗎？

我看著小咲的演技，回想至今看過的小咲演戲的樣子，開始思考。

無論是多重要的角色或是多微不足道的角色，小咲的演技總是十分帥氣。

所以我才會強烈喜歡上小咲的演技。

不管怎麼想，我都很難想像小咲是打從心底想放棄當演員。

……但她在信上甚至寫了「對不起」跟我道歉。

我想小咲一定是碰到了所有人都無法想像的殘酷遭遇。

在她身陷水深火熱時，我只能寫粉絲信給她或是送她髮夾。小咲明明把我原本痛苦的生活變成了快樂的生活，我卻無法替她做任何事。我知道區區一個粉絲有這種念頭是逾矩了。

就算這樣，被小咲拯救的我還是認真想拯救小咲！

該怎麼做才能拯救小咲呢？怎樣才能給小咲再次立志成為大明星的勇氣呢？我又拚命思考起來——然後腦中只浮現了一個方法。

「欸，香織阿姨，爸爸媽媽都會回來的日子是哪一天？」

之後我有生以來第一次把自己的心情告訴了爸爸媽媽。

有生以來第一次跟爸爸媽媽吵架了。
然後——我不當「模範生」了。

第三章　七瀨玲奈

我澈底放棄當演員後，經過了大約半年。

我從國中畢業，今天是高中的入學典禮。我並非進入升學率超高的高中，而是進入一間位於我家附近，偏差值不高也不低，名叫星蘭高中的學校。

我還以為媽媽一定會叫我去升學率高的學校，我原本也打算去考那樣的學校，但事情並沒有那樣發展。媽媽為了不讓我繼續胡思亂想，讓我進有她認識的人在當老師的學校。這是為了方便管理我吧。只要留下好成績，似乎就不用去上什麼補習班。據說這也是為了避免我因為無謂的壓力又開始想東想西。

就算媽媽不做到這種地步，我也不會再說什麼想當演員了。

「星蘭高中的制服挺帥氣的耶。」

就在我變得有些感傷時，從旁邊傳來非～～常耳熟的聲音。

「欸，為什麼篤志你也跟我同一間高中啊？」

「……巧合吧？」

「別撒謊了。我知道你到處問學校的人我的志願學校是哪間。」

我這番話讓篤志露出一臉想說「不妙」的表情。難道他以為沒有穿幫嗎？

「我並不是在說不想跟你上同一間高中。但是，你不是有收到籃球名校的推薦嗎？」

「是啊。可是，籃球不管在哪都能打嘛。」

「是這樣沒錯啦，但假如你要以職業球員為目標——」

「好，停。我的事不重要啦。」

篤志啪一聲拍了手，強硬地結束這個話題。對他而言這是不想多說的事情嗎？無論是誰都會有不想被提起的事情呢。

接著我們換了話題，一邊閒聊一邊前進，沒多久便看見星蘭高中的校舍。

從今天開始，我會正式踏上跟以往不同的人生。

不作美夢也不去挑戰，而是過著非常正確的人生。

老實說，我的腦海還是會稍微閃過多餘的想法。

但等入學典禮結束後，這些想法也會全部消失無蹤吧。只要等入學典禮結束——

「綾瀨同學！」

剎那間，傳來一個我現在最不想聽見的聲音。我立刻低頭面向下方。

假如這是我想像中的人物，那實在糟糕透頂。應該說明明只見過一次，那之後又過了大約半年，為什麼我還清楚記得這個聲音啊？

「滿前面的那個人在呼喚綾瀨同學，是不是在叫妳啊？」

吵死了，篤志，現在別跟我說話。就像你有不想被別人提起的事，我也有不想被人提起的事，其中之一就是發出這個異常開朗的聲音的人……怎麼辦？總……總之我得盡快離開現場。

——就在我這麼心想的瞬間，我的臉被強硬地往上抬起。

「果然沒錯！是綾瀨同學！」

明亮得刺眼的笑容映入眼簾。留到肩膀的褐髮、白皙的肌膚，還特地在制服外面穿上甄選時穿的那件白色連帽外套。

……今天搞不好會是我人生中最糟糕的一天。

在星蘭高中的入學典禮這天，我跟七瀨玲奈重逢了。

◇◇◇

「咲，今天要去哪裡玩嗎？」「你在說什麼啊，當然要念書啦。」

我跟篤志在課堂中間的休息時間像這樣交談。

入學後經過兩個星期。我跟篤志同班，就連座位都在隔壁。

篤志已經在班上和社團交到不少朋友，還很受女生歡迎。

相較之下，我不知道是因為長得太可愛，還是該怪我散發出來的氛圍，班上同學好像很怕我，我至今還沒有青梅竹馬以外的聊天對象。

應該說總覺得班上同學的反應就跟我剛上國中時，從其他小學過來的人一樣。在那之後有慢慢變成朋友嗎……？

「那我可以跟妳一起念書嗎？我今天不用參加社團活動。」「……哎，是沒差啦。」

我這麼回應，於是篤志突然把課本一股腦兒地塞進書包。

他也太有幹勁了吧。明明還有課要上，他打算怎麼辦啊？

「綾瀨同學～～！」

這時教室忽然響起一個活潑又聒噪的聲音。

對了，我姑且還有個篤志以外可以聊天的對象……真的是姑且就是了。

「綾瀨同學！今天一起吃午餐吧！」

七瀨同學立刻來到我的座位，這麼說道。
她今天也在制服外面穿著白色連帽外套。那樣違反校規吧。
「跟妳吃午餐？我絕對不要。」
「為什麼？我們都這麼熟了耶！」
「我們根本沒多熟吧。還有妳不要每次下課時間都跑來這裡。」
「我不要。因為我想跟綾瀨同學妳做朋友啊。」
七瀨同學露出開朗的笑容。她是不知道客氣這個詞嗎……
「啊，那時我撿到的髮夾。原來妳會好好用啊。」
「……是啊，因為是很重要的東西。」
我摸了摸小櫻送我的髮夾。寄信給小櫻的時候，我曾想過是否要把這個髮夾也還回去，但還是打消了念頭。因為我不想再傷害願意當我粉絲的人了。
所以我現在為了不傷害小櫻，一直夾著這個髮夾。
簡單來說，就是純粹的自我滿足。
「原來是很重要的東西。那麼當時可以好好物歸原主，真是太好了呢。」
「是啊。關於髮夾這件事我很感謝妳，所以能請妳快點回去自己班上嗎？」
然而七瀨同學依舊笑咪咪地留在原地，完全不打算回去。快點回自己班上啦。

「喂，七瀨，咲都叫妳回去了，妳快點回去啦。」

「咦，阿久津同學，原來你在啊？你真沒存在感耶。」「妳說什麼！」

篤志與七瀨同學四目交接，碰撞出激烈的火花。

我很早之前就老實告訴了篤志在「夕凪」的入團甄選時有一個人的演技很不得了，是我決定放棄當演員的原因之一。

因為篤志也一直支持著我，替我加油打氣。

篤志在入學典禮那天首次遇見七瀨同學時，還不曉得那個演技很不得了的人就是七瀨同學。不過看到我每次見到七瀨同學都會不太對勁，某天篤志直接問我是在哪裡跟七瀨同學認識的，結果他就知道了七瀨同學是我放棄當演員的原因之一。

後來篤志便對七瀨同學顯露出敵意，七瀨同學也不遑多讓地還以顏色。

「你們兩個很吵耶。差不多要開始上課嘍。」

「聽到沒，七瀨，快點回自己班上啦。」

「都是因為阿久津同學，害我跟綾瀨同學沒說到什麼話。我下次下課時間會再過來。」

七瀨同學朝篤志吐了吐舌頭，對我則是露出笑容，然後總算回去自己班了……沒有跟她同班真是不幸中的大幸。

「咲，妳不是不想跟七瀨見面嗎？」

「可以的話，我是不想見到她……但是，最近開始覺得怎樣都無所謂了。」

入學典禮那天見到七瀨同學時，我稍微對她湧現了嫉妒與憎恨之類的感情。不過也許是因為從「夕凪」的入團甄選後已經過了挺長一段時間，又或者因為每天都會聽到七瀨同學那悠哉的聲音，我對她幾乎沒有抱持負面感情了。雖然無法喜歡她，但也不至於討厭她。現在大概是這種感覺。

「篤志你也別動不動就去找七瀨同學的碴。」

「……我會努力看看。」篤志移開視線這麼說了。他撒謊時的習慣還是跟以前一樣。

我並沒有告訴七瀨同學我已經放棄當演員。我原本以為她會主動問我：「最近有參加甄選嗎？」但她似乎意外地有顧慮到我的心情。

順帶一提，七瀨同學通過那次的甄選後，好像就進了「夕凪」劇團。

我主動開口詢問，七瀨同學便一臉尷尬地回答我。既然她會在這麼多方面顧慮我的心情，為什麼還要每天跑來我的座位找我呢……哎，不過即使聽說七瀨同學進了「夕凪」，我還是沒有湧現什麼強烈的情緒。

這樣的我今後一定能過著正確的人生吧。

雖然跟七瀨同學重逢時有些害怕，看來是我多慮了……太好了。

◇◇◇

某天放學後。我離開教室準備前往圖書館念書時，遇到了在隔壁教室前被搭訕的女學生……是隔壁班的人嗎？

「立花同學，妳今天可以跟我一起去玩了吧？」「這……這個……那個……」

被勉強算是帥哥的男學生逼近，那個女學生很明顯地感到厭惡。

那個男的看不出來對方感到困擾嗎？

「不然跟我交換聯絡方式也行喔。這樣我馬上就會離開。」「那……那樣的話……」

女生拿出手機。這是常見的搭訕手法，先提出一起去玩的要求，再降低條件說交換聯絡方式就好。那個女生是因為男生會離開，才打算交換聯絡方式。

「等等，那邊的帥哥，跟我交換聯絡方式吧。」

男學生煩躁似的轉過頭來，但看到我的長相便驚訝地睜大了眼。

「咦，可以嗎？」「當然可以。我比那邊的女生可愛多了，選我比較划算喔。」

我這番話讓男學生瞄了女學生一眼後——

「那……那就拜託妳了。」

就這樣，他跟我交換聯絡方式後便心滿意足，立刻離開了現場。

「好啦，馬上來刪掉那種噁男的聯絡方式吧。」「咦……」

被搭訕的女學生好像還在旁邊，對我的行動大吃一驚。

她該不會以為我是真的想被搭訕才自己找上門的吧……

「我說妳啊，感到厭惡的時候就要直接說出來。那我走嘍。」

我只留下這句話便前往圖書館。

◇◇◇

『沒有人可以阻止我懷抱夢想。』

有個女性站在舞台上。

她身上穿的並非漂亮的禮服，而是十分寒酸的服裝。

但她抬頭挺胸說出跟裝扮一點都不搭的台詞。

我知道這是在演戲。我知道無論是服裝或台詞，都是被準備好的東西。

明明如此，我卻被她這番話吸引，內心深受感動。然後我這麼心想……

如果我也能變得像她那樣就好了——

「妳總算醒啦？」

我的意識清醒過來後，在視野因為亮光感到刺眼的狀態下看向聲音傳來的方向。只見篤志的臉就在眼前——欸，太近了吧！

我大吃一驚，眼睛也逐漸習慣周圍。我確認狀況，看來在樓頂吃完午餐的我似乎把頭靠在他的肩膀上睡著了。

「！為……為什麼不叫醒我啊！」我立刻跟篤志拉開距離，這麼詢問。

「呃，看妳睡得那麼香，我實在不忍心叫醒妳啊。」

「就……就算這樣……」

我太不小心了，居然讓那個篤志看到這麼難為情的一面。

臉頰好燙。實在是糟透了……

「妳別那麼在意啦。身為妳的青梅竹馬也會受傷耶。」

「你……你很吵耶！應該說你為什麼能那樣若無其事地——！」

仔細一看，篤志的臉也變紅了……既然是彼此彼此，也只能原諒他了。

「那……那個，不好意思。」

這時忽然傳來一個彷彿幽靈的微弱聲音。我轉過頭看，只見那裡有個眼熟的女學生。

「哎呀？妳是昨天那個……」

「是……是的。昨天受妳幫助了，我是一年E班的立花芽衣。」

那個女學生——立花同學有禮地鞠躬。果然是隔壁班的人。

「立花同學嗎……不過，妳怎麼會知道我在這裡？」

「因……因為昨天我有看見妳是從隔壁班教室走出來的，我……我就問了隔壁班的人，據……據說妳午休沒有待在教室時，經常會在樓頂看到妳……」

「這……這樣啊……那麼，妳有什麼事嗎？妳又被搭訕了？」

「不……不是的。我是想為昨天的事向妳道謝……謝……謝謝妳昨天救了我。」

「哎呀，妳真規矩耶。其實妳不用專程來道謝啦。」

「還……還有……我在想那個男生不知道有沒有去騷擾妳……」

「妳是在擔心我啊。不過不要緊，他昨天傳來的大量訊息我都無視了，結果他今天糾纏不休地跑來逼問我，但我朝他的要害踢了一腳後，他就哭著落荒而逃了。」

我這麼說明，於是一旁的篤志臉色發青。我不會踢你啦。

不過，也因此讓班上同學更怕我就是了。

「妳被奇怪的傢伙搭訕了嗎？真是場災難啊。」

篤志這麼說，立花同學則是緊盯著我。怎……怎麼了？

「妳……妳很帥氣！請……請跟我做朋友！」

立花同學深深低下頭，突然這麼向我告白……呃，她突然是怎麼啦！

「朋……朋友……？」

「是……是的。我……我一直很崇拜像妳一樣帥氣的人，我……希望有一天自己也能變成敢踢男性要害的人。」

「呃，我覺得那樣不太好吧……」

在我說話的時候，立花同學也是用閃閃發亮的眼睛看著我。

……哎，反正我也還沒交到朋友，真拿她沒辦法。

「我叫綾瀨咲。要當朋友的話，就叫我名字吧。還有我們是同年級，所以也禁止使用敬語。」

「是……嗯……嗯！小……小咲！」

立花同學很開心似的呼喚我的名字。雖然是我要她用名字叫我，但她突然就叫得這麼親密啊。看不出來，她其實意外地積極嗎？

「請多指教嘍，芽衣。」

我也直接叫她名字，於是芽衣露出看起來更開心的表情。

就這樣，我交到了一個叫立花芽衣的朋友。

——但事情並沒有就此結束。

『我是鈴木達也，謝謝妳前幾天在我肚子餓到快死掉時給我炒麵麵包。我就開門見山地說了，請跟我當朋友。』

『謝謝妳昨天幫了迷路的我妹妹，我叫高橋涼香……方……方便的話，希望妳能跟我當朋友……』

我只是正常過生活，結果又交到了兩個朋友。而且他們兩人都是別班的，似乎因為在自己班和別班都交不到半個朋友，正感到傷腦筋。

因為這樣，我變得常跟這四人一起度過下課時間。

「達也你昨天跟女籃的學姊告白，然後被甩了對吧？真遜耶。」

「吵……吵死了。我只是還沒拿出真本事而已，要是我認真起來——」

「總……總覺得鈴木同學被女生甩掉時都會這麼說。」

芽衣、達也、涼香很快樂地聊著天。這裡是我的班級耶……

「篤志，達也跟你一樣是籃球隊吧，你們怎麼不早點做朋友啊？」

「我以為他是不太想跟別人扯上關係的人，畢竟他在社團活動時也沒這麼多話。」

「會加入籃球隊的人，怎麼可能不想跟別人扯上關係啊。」

……哎，現在看起來很快樂的話就算了吧。畢竟他現在好像在籃球隊也跟其他人處得很好了。

芽衣跟涼香也是，如果她們待在這裡很快樂，就再好不過了。

「欸，咲，妳知道嗎？這就是妳國中時會被選為學生會長的理由喔。」
「啥？你突然在講什麼啊？」
「妳具備可以吸引任何人的魅力，所以在別班被孤立的人才會像這樣聚集到妳身旁。」
這是值得高興的事嗎？雖然感到疑問，原本在聊天的三人呼喚了我。
「綾瀨，今天社團活動休息，要不要找個地方一起玩啊？」
「小咲！我們去唱卡拉ＯＫ吧！」「我……我也……我也想去。」
三人都露出期待的眼神這麼詢問我。
「你們在說什麼啊？我今天也要用功念書。」
「咦～～」我這番發言讓三人都不滿地發出噓聲。
看到這樣的他們，我也覺得有點好玩，稍微笑了出來。
「那麼，我也來用功念書吧。」「我也是～～」「我……我也是。」
結果，芽衣他們也決定跟我一起用功念書。因為我有告訴大家媽媽對課業要求很嚴格，他們抱怨歸抱怨，總會陪我一起念書。
「當然我也是喔。」
……還有我的青梅竹馬也是。結果他們說不定是認為只要是這五人一起行動，到哪裡都無所謂……哎，雖然我也是這麼想啦。

——可以吸引任何人的魅力啊。

要是我的演技也具備那種魅力就好了……開玩笑的。

◇◇◇

高中入學後經過兩個月。我在午休時間前往舊校舍。

聽說班上的女生昨晚跟朋友到舊校舍試膽時，忘了帶走手機。但她不敢再去一次舊校舍，哭著拜託碰巧聽到這件事的我……大概是這樣。她說感覺我應該不怕這些東西。

明明平常很怕我，還真是現實耶。

「這種東西到底有什麼好怕的……」

是因為沒什麼光線會從窗戶照射進來嗎？舊校舍的走廊有些陰暗，如果是晚上，感覺的確可以辦試膽大會，不過好像也沒有可怕到會讓人哭出來。順帶一提，篤志他們本來也想跟來，但那樣就好像我會害怕，感覺很不爽，所以我阻止了他們。

這世上怎麼可能有幽靈嘛——正當我這麼心想並前進時，在事先從女生那邊聽說的教室前找到了掉在地上的手機。這下任務就結束了……就在我這麼心想後沒多久——

——砰！忽然響起了巨大的聲響。是從旁邊的教室傳來的。

「怎……怎麼回事啊……？」

我有點害怕……不，我才不會怕。我只是好奇那是什麼聲音而已。既然都感到好奇了，就得盡快確認清楚。嗯，去確認看看吧。我這麼想著，打開教室的門一看——

「……這什麼啊？」

只見教室裡四處擺著數不清的大量書本。

有些書在桌上堆積如山，書架也塞得滿滿的，還有書掉在地上……剛才的聲響就是因為這個嗎？這些書的類別五花八門，有小說、雜誌……還有關於演技的書。感到好奇的我更進一步探索之後，發現——！

「這不是『夕凪』的劇本嗎？」

封面上寫著劇名與七瀨玲奈這個名字。

就在這瞬間，我理解了。這裡是七瀨同學為了練習演戲所打造的房間。

「雖說是舊校舍，她利用教室在做什麼啊……」

然而，我覺得這很像七瀨同學的作風。因為她不懂顧忌，即使在我會跟芽衣他們一起行動後，還是學不乖地想要跟我做朋友。

以她的性格來想，很有可能會利用舊校舍的教室，而且覺得只是借用一間沒人在用的教室，應該沒差。她最近還舉辦了玲奈節這個神祕的快閃活動，好像也被教師們當成麻煩製造者留意著。該說她真的不懂顧忌嗎……她還真是亂來呢。

「所以才能表現出那種演技嗎？」

我這麼喃喃自語後，不禁伸手拿起七瀨同學的劇本。雖然知道不該這麼做……身為「天才」的她會在劇本上寫些什麼呢？我無法壓抑這種好奇心。儘管感到過意不去，我還是翻開了劇本。

在劇本中可以看到台詞上方有好幾個登場人物，其中有被圓圈圈起來的人名。

那大概就是七瀨同學扮演的角色吧。那個角色只有幾句台詞，也就是連配角都稱不上，所謂的路人角……明明如此，劇本中的筆記量卻多得驚人。

演技的動作、台詞的講法、站立的位置，甚至還寫著自己用怎樣的演技會讓其他演員比較好表演。

應該只有這一本這麼誇張吧……我這麼心想，對七瀨同學真的很抱歉，但我也找了一下其他劇本翻閱……結果我找到了十本以上的劇本，無論哪一本都有差不多分量的詳細筆記。

而且每一本，七瀨同學的角色都是台詞少到極點的路人角。

我不會說七瀨同學比我還要努力。畢竟這是我也會做的事，我想以演員身分復活的時候也曾這麼勤奮地練習。

所以我絕不會說七瀨同學比較努力。

也絕不會說七瀨同學並不是「天才」。

她的演技確實是有天分才能辦到的。

——只不過看了這些劇本後，我也浮現了一個想法。

原來「天才」也是很拚命在努力啊。

知道這件事後，我稍微鬆了口氣。因為如果七瀨同學根本沒做任何努力，或是只有稍微努力一下，就表現出那樣的演技——雖然這樣想很任性，我說不定會變得有點討厭她。我之前跟篤志說已經怎樣都無所謂了，不過或許我的內心某處還是會在意……我還真是遜呢。

「……既然都找到手機了，還是快點回去吧。」

我收拾好劇本後，離開了教室。我明明已經放棄當演員，應該早就變得無事一身輕……

然而這一天感覺心情又變得更輕鬆了一點。

「綾瀨同學～～！」

那一天的下課時間。七瀨同學像平常那樣毫不客氣地來到我的座位。

她理所當然地穿著那件違反校規的連帽外套……

現在芽衣、達也和涼香並不在這裡，一定是因為他們下一堂課要換教室之類吧。

七瀨同學基本上不會顧慮……但她一定會挑芽衣他們不在時才來找我搭話，會做這種最起碼的貼心行為正是她令人感到棘手的部分。

而且就連篤志也因為要上洗手間，目前不在座位上。

「妳好，七瀨同學。那麼，妳可以回去了嗎？慢走不送。」

「突然就趕人也太過分了吧！」

七瀨同學將手貼在雙眼附近，擺出啜泣的樣子。

妳的演技沒那麼差勁吧。這樣讓人有點火大耶。

「妳今天是來做什麼的呢？」

「當然是來跟綾瀨同學做朋友啊！」

七瀨同學露出燦爛的笑容。這種開朗的性格與明亮的笑容，再加上最近還有麻煩製造者這種有趣的一面，似乎有不少人變成她的粉絲，不分男女。聽說同時也有人覺得她太得意忘形，因此黑粉也變多了。

「欸，妳為什麼那麼想跟我變成朋友啊？」

我跟七瀨同學只是一起參加過甄選。明明沒什麼多深入的關聯，她卻堅持要跟我當朋友，讓我覺得很不可思議。

「我之前也說過啦，這是因為……我非常喜歡妳的演技。」

「咦……就只是這樣？」我這麼詢問，於是七瀨同學用力點了頭。

「看到妳的演技時，我心想這個人一定是賭上一切在演戲。這樣的人幾乎不存在，至少在『夕凪』的甄選會場上，只有妳而已。」

七瀨同學像這樣述說關於我的演技後——

「所以說！我想跟表現出那種精彩演技的綾瀨同學成為朋友！」

她面帶笑容這麼告訴我……這樣啊，原來她發現了。她確實發現我把一切都奉獻給演戲這件事。

「……好啊，我們來當朋友吧。」

我這麼表示，於是七瀨同學驚訝地愣住了。為什麼會是這種反應？

「我都表示要跟妳當朋友了，還是說，妳之前都只是嘴上說說，其實根本不想跟我當朋友？」

「沒……沒那回事喔！我只是因為事出突然嚇了一跳，其實非常開心～～！」

七瀨同學一把抱住我。她……她很煩耶，而且這樣很熱……

「總……總之，今後請多指教。還有快放開我。」

「嗯！請多指教嘍！綾瀨同學！」

我拉開七瀨同學，於是她這次緊緊握住了我的手。

她叫我綾瀨同學……明明平常那麼積極，卻會在奇怪的地方有所顧慮。

「請多指教，玲奈。順帶一提，大家都是直接叫我咲，妳叫綾瀨同學就——」「請多指教嘍！咲！」

在我說完前，玲奈就直接叫我名字了。這小小的突襲讓我有些心跳加速……果然玲奈是個棘手的女人呢。

就這樣——我跟玲奈變成了朋友。

跟玲奈變成朋友後，我偶爾才會跟她結伴行動。要說為什麼是偶爾，這是因為玲奈顧慮到我原本的交友圈，會盡量讓我跟芽衣他們一起行動。她平常很亂來，但絕不會做讓別人感到厭惡的事。跟玲奈變成朋友後，我重新體認到她就是這樣的人。

跟玲奈結伴行動時，她會跟我聊最近的電影和連續劇。

因為媽媽禁止我看連續劇之類，加上我覺得沒那個必要，就沒有向芽衣他們表明我以前是演員，所以玲奈的話題很自然地勾起了我的興趣。

此外我們還會討論彼此喜歡的連續劇和電影作品，還有喜歡哪些演員的演技，有時還會因為想法不合而吵起來。

跟玲奈像這樣一起度過的時間——非常快樂！

「這樣啊。咲妳已經不會參加甄選了啊……」

午休時間。我跟玲奈兩人在樓頂吃午餐時，我主動表明自己已經放棄當演員了。

因為我覺得應該先跟朋友……不對，應該說先跟玲奈講清楚這件事。

順帶一提，篤志跟達也去參加社團活動的午間練習，芽衣跟涼香正忙著趕如果下一堂課前沒繳交就得參加補課的作業。

「沒錯，雖然我從童星時期就開始努力……但我已經放棄當演員了。總覺得好像騙了妳，對不起。」

「別這麼說。其實我早就隱約明白說不定是這樣。」

玲奈露出有些悲傷的表情……原來是這樣啊。或許我的表情和動作已經透露了不少，又或許是有什麼玲奈才看得出來的線索。

「但是，跟妳聊連續劇之類的很快樂，所以我們以後也多聊聊這些話題吧。」

「嗯！我跟妳聊天的時候也非常快樂喔！」

玲奈看起來真的很快樂地這麼對我說了。她像太陽一樣明亮，笑容也可愛得讓人大吃一驚，可以理解為什麼有人會成為她的粉絲。

「……可是，咲妳真的覺得放棄當演員好嗎？」

聽到玲奈忽然這麼問的瞬間，我的內心有什麼東西微微——真的是微微地動了起來。

我想一定是因為玲奈把這句話說了出來……但是就算這樣，我也絲毫沒有想要再挑戰的念頭。我不想再回到……那麼痛苦的生活了。

「嗯，很好喔。」

我這麼回答，於是玲奈只低喃了一聲「這樣啊」，然後我們就像平常那樣聊天。果然跟玲奈一起度過的時間很快樂……而且特別。

——但我是「模範生」，玲奈則是「天才」。

這樣的兩人要當朋友，本來就不可能持續太久。

◇◇◇

「哎呀，芽衣，妳在做什麼？」

某天放學後。在班上同學已經回家的教室裡，篤志跟達也今天似乎沒有社團活動，老面孔的五人一起念書時，我發現芽衣在做別的事情。

「小……小咲。」我想探頭看她在做什麼，她就立刻藏起某些東西。

不過涼香代替這樣的芽衣告訴我們：

「我跟妳說，小咲，聽說芽衣她很擅長畫插畫喔。」

「是嗎？那不是很好嗎？」

「我完全不會畫畫或插畫什麼的。篤志你呢？」「我也不擅長啊。」

正當大家熱烈討論的時候，芽衣不時瞄向我這邊。

「如果妳不想讓別人看，可以不用勉強自己喔。」

「不……不是那樣的……我只是怕你們看了會笑我。」

「不會笑妳的。在這裡的人不會做那種事。」

其他三人也點頭同意我這番話。於是芽衣戰戰兢兢地讓我們看她畫的插畫。

「什麼嘛，這插畫很可愛啊。」

不曉得是芽衣原創還是有其他原作，總之她畫了好幾個可愛的女孩子的插畫。可以理解為什麼說她擅長畫插畫。

「畫得真好。」「好厲害～～！」「真的很強耶。」

「謝……謝謝你們……」

聽到大家這麼稱讚，芽衣的臉頰微微泛紅。

——隨後，涼香說出這樣的話：

「既然妳這麼會畫畫，應該能當上專業畫家吧？妳有立志當專業畫家嗎？」

專業。這個詞讓我的胸口有一種不祥的感覺。

「的確，感覺可以當上專業畫家啊。」

達也也說了這樣的話；篤志則是……露出一臉尷尬的表情，什麼也沒說。

然後對於這兩人說的話，芽衣她——

「嗯。其……其實……我的夢想……就是當上職業插畫家。」

聽到她這麼回答的瞬間，我完全是反射動作——明明可以不用問這種事的，應該說，我明明完全不打算問的……卻反射性地開口詢問：

「芽衣妳一天會畫多少張插畫？」

「咦？是多……多少張呢？有時候會畫很多張，但也有畫不太出來的時候。」

芽衣回了一個曖昧的答案。這讓我感到有些煩躁。

「為什麼？妳明明立志要當專業插畫家，還允許自己有不太畫畫的日子，真的好嗎？」

「這……這個……我……我是想說偶爾可以喘口氣，做些其他事情……」

她這番話又讓我感到有些煩躁。

「但妳打算以後要當專業插畫家吧？妳應該盡可能把所有時間都奉獻給插畫吧？還是說妳有壓倒性的天分，不用那麼努力也沒關係？欸，妳回答我啊。」

「小……小咲……妳……妳好凶喔……」

芽衣用快哭出來的表情看向我。我又感到有些煩躁……慢慢累積起來的情緒快要超越極限。要是我能在這邊停下來就好了。

「就……就是說啊，小咲。是我不好，不該問這些的，妳先冷靜下來吧？」

「綾瀨，妳還好嗎？」涼香跟達也都在擔心我。

「咲，妳就別再說下去了……好嗎？」

篤志也在擔心我。沒錯，別再說了。我明明想停止……

但芽衣快哭出來的模樣總讓我覺得她瞧不起所謂的專業或夢想，我實在無法壓抑自己的情緒——

「妳別抱著半吊子的覺悟隨便說什麼想成為專業插畫家！如果妳的夢想那麼廉價，乾脆放棄還比較好！」

……糟透了。這番話剛說完沒多久，我就這麼想了。居然強迫別人接受自己的價值觀，真的是差勁透頂。就算有人立志成為專業或是懷抱著夢想，也不是每個人都會像我和玲奈這樣賭上一切追夢……我是笨蛋嗎？

「對……對不起。對不起……」

看吧，芽衣也哭出來了。涼香安慰著芽衣；達也嚇了一跳，愣在原地；篤志不知是感到傻眼或難過，伸手扶著額頭。

「咲，妳在做什麼？」

然後我最不想見到的人，挑在最糟糕的時間點過來了。

「玲奈，妳怎麼會……？」

看到不知何時出現在教室裡的玲奈，我這麼喃喃自語。

「我剛才接到聯絡，今天劇團的練習決定只讓扮演主要角色的人一起排練，所以我今天不用去了。我想說搞不好可以跟妳一起回家……」

「原……原來是這樣啊……」

玲奈緊盯著我，但我像要逃避似的移開視線。

於是她發出響亮的腳步聲來到我的面前——瞪著我。

「咲，我都聽見嘍。應該是立花同學？妳對她說：『如果妳的夢想那麼廉價，乾脆放棄還比較好。』妳為什麼要說這種話？」

「這……這是因為……一言難盡啦。」
「一言難盡是什麼意思？請妳明確地回答我。我是在問妳為什麼否定了別人的夢想。」
玲奈一直瞪著我。我甚至覺得她的眼神越來越銳利。
我連一秒都沒看過她這樣的表情。我心想她是認真地生氣了。
「喂，七瀨！妳可別因為最近跟咲感情不錯就得意忘形了！」
「你怎麼啦，阿久津同學？我現在是跟咲在說話喔。」
篤志試圖袒護我，於是玲奈連他一起瞪了。不過篤志也毫不畏縮地回瞪玲奈，這氣氛感覺一觸即發。
「篤志，別說了。我來跟玲奈談就好……拜託你。」
我懇切地這麼請求，於是篤志咂了嘴，還是退到我的後面。
這樣就行了。要平息玲奈的怒火，只能由我跟她好好溝通。
……其實我也可以在這時老實說出一切。說我是對芽衣以半吊子的心情立志當職業插畫家、懷抱著夢想這件事感到火大。
但就算我這麼說了，玲奈的怒火即使多少會平息下來，大概也不會接受吧。我也不能再繼續因為自己的自私傷害朋友。
「說起來，妳根本沒資格對別人的夢想說三道四吧？」

明明只能靠溝通來解決，然而就在我說不出任何話時，玲奈忽然開口這麼說了。

「……妳這話是什麼意思？」「就是字面上的意思啊。」

我這麼詢問，於是玲奈挑釁般回應後，突然豎起了兩根手指。

「我討厭兩種人，一種是會否定別人的夢想和目標的人，還有一種是明明自己無法接受，卻放棄夢想和目標的人。」

玲奈用直截了當的說法這麼說明後……

「咲今天符合了我最討厭的這兩種人呢。」

接著這麼斷言。聽到她這番話，我開口反駁：

「先給我等一下。第一種我懂，但是，妳說明明自己無法接受卻放棄夢想和目標……我才不是那樣！」

「妳是。因為妳明明自己沒有接受，卻放棄當演員了吧？」

玲奈用感到失望的眼神看向我。那簡直就像在以往的試鏡和甄選中看著我的評審。

別這樣！別用那種眼神看我！

我也不是自己想放棄才放棄當演員的！

我拚命努力過！能犧牲的東西都犧牲了！即使失敗，我也努力爬起來無數次！就算這樣！就算這樣還是行不通，所以我才放棄的啊！

明明如此，玲奈這傢伙卻……！

「『天才』少在那邊得意忘形了！」

「什麼？『天才』是說我嗎？」

「除了妳還有誰啊！我來告訴妳為什麼我要放棄當演員吧？就是因為看到妳的演技！感到絕望！在『夕凪』的入團甄選中沒辦法照自己所想的那樣去表演！又再次感到絕望！所以才放棄的！是妳害我放棄當演員的！」

「那是什麼意思？是說因為我的演技比妳好，導致妳在甄選時無法順利表演嗎？所以妳就放棄當演員了？」

「對，沒錯！我感受到所謂的天分有多麼不講理了！」

「什麼啊，妳因為天分就放棄了夢想嗎？在主張天分會造成什麼影響前，更認真練習就好了吧？」

「我練習過了！但就算拚命練習！一直練習！瘋狂練習！實力還是不會增強多少啊！」

「就算這樣，如果妳真的想作為演員活下去，就應該更加努力！」

「別開玩笑了！像妳這樣的『天才』別說什麼『努力』這種話！」

「我每天都很拚命練習，不讓自己留下絲毫後悔地在練習。還有無論發生什麼事，我都不會放棄夢想。」

「那當然是因為妳是『天才』，才可以什麼都不用放棄！我跟妳不同！我跟妳從頭到尾都不一樣！」

「哪裡不一樣了！我跟妳都是把一切賭在演戲上，我們一樣吧！妳其實也還想繼續當演員的！像妳這樣有出色演技的人，不可能放棄當演員！」

「吵死了！別講得好像妳很懂一樣！『天才』不管講什麼都只會讓人感到火大！妳這種人，玲奈妳這種人——」

「我最討厭玲奈妳了！妳再也不要跟我說話！」

「我現在也很討厭妳了，請妳再也不要跟我說話。」

我們激烈地大吵一番後，玲奈在最後留下「妳一定要跟立花同學道歉」這句話，便離開了教室。我則是……向芽衣道歉了，因為我真心覺得對不起她。

之後我原本以為涼香他們會問我什麼，但他們三人什麼都沒有多問。

我想他們是顧慮到我的心情吧。我的朋友都是些溫柔的人呢——我不禁有點想哭。然後——我們五人一起回去了。

就這樣，我跟七瀨玲奈的友情瓦解了。
這是入學才過三個月，變成朋友後才僅僅一個月時發生的事情。

幕間

我——目前正在進行挑戰。但老實說……我非常害怕。

我害怕自己會失敗，害怕這段時間都會徒勞無功。

但是！就算這樣，我還是有想做的事情，有想完成的目標。

而且我想鼓勵小咲，所以我正在挑戰。

雖然剛剛才說很害怕，但或許還是有點不一樣。

雖然害怕……感到雀躍期待的自己也確實存在。因為我現在正在做自己最喜歡的事情！

這種心情還是有生以來第一次！

如果我一直當個「模範生」，一定無法體驗到這種心情吧。

這樣啊，我現在——

第四章 ELITE

跟玲奈絕交以後，我跟她就完全不說話了。玲奈也不會再跑來我的教室，即使偶爾在走廊上擦身而過，我們也是無視彼此。這樣的日子持續了好幾個月，我在跟玲奈絕交的狀態下升上了二年級。不過，剛升上二年級的某一天，在體育課打籃球時，我們班跟玲奈所在的班級一起上課，比賽時我為了玲奈是不是有拿球丟我的頭這種超無聊的事情跟她大吵一架。

而且玲奈大概並沒有拿球丟我，就算有丟到也不是故意的。

然而在那之後我們每次見面都會鬥嘴，而不是無視對方。

「那件奇怪的連帽外套妳要穿到什麼時候，玲奈？」「妳今天眼神也很凶呢，咲。」

哎，大概就是這種感覺。我的高中二年級就像這樣總是在跟玲奈鬥嘴。

……不，也有好幾次是差點真的吵起來。

話說，至於我跟芽衣他們後來怎麼樣了，倒是沒什麼太大的變化。

……這是騙人的，其實有一點變化。

但是，大家還是會在下課時間一起聊天，或在放學後一起念書，這方面完全沒有改變。

還有從高中二年級中途開始，媽媽說我一個月可以跟朋友一起出去玩個幾次，所以我們五個人偶爾也會一起玩。我想一定是因為我的成績總是維持在全年級前幾名，媽媽才會允許我跟朋友玩樂。此外，即使我升上二年級，媽媽也從未像我國中時那樣要我去當學生會長。我想這也是多虧自己成績好……看來我好像有念書的天分。

不過，媽媽總是監視著我的行動，絕不讓我去做多餘的事。

妳放心吧，媽媽。我再也不會說什麼想當演員了。

然後，高中二年級這一年也結束了——我迎向高中的最後一年。

「要在星蘭祭推出的節目已經鎖定為《羅密歐與茱麗葉》和《李爾王》這兩個之一了。希望可以在下次班會時間決定三年A班要推出的節目。」

擔任文化祭執行委員的男學生這麼說了。

升上高三後還不到兩個月，我們班已經在班會討論中把原本有十個以上的星蘭祭預定節目削減到剩下兩個。順帶一提，所謂的星蘭祭就是指文化祭。

居然是羅茱跟李爾王，為什麼最後一次文化祭是要演戲啊……糟透了。

而且李爾王會留到現在，還是因為「聽起來像現充王，好像很有趣」這種隨便的理由。這樣等於最後一定是羅茱會贏嘛……感覺更糟了。（註：《李爾王》的日文為「リア王」，現充的日文為「リア充」）

「桐谷同學感覺就不知道李爾王是什麼呢。」

可以聽到讓人火大的活潑聲音……是玲奈。高中的最後一年我首次跟她同班了……我今年是犯太歲嗎？

「反正最後一定是羅茱吧，我要不要來扮演羅密歐呢？」

「篤志，羅密歐是個性格勤奮，品行端正的帥哥喔。」

「也就是說正符合我這個人嘍？」

「我是在說你跟他一點都不像。」我傻眼地伸手扶著額頭。

「篤志跟羅密歐不搭啦。」「不搭耶～～我來演還好一點。」

聽到我們這樣的對話，涼香跟達也笑著這麼說道。

我們五人在高中二年級首次同班，今年是連續第二年同班……不過芽衣明明待在我們身旁，卻什麼都還沒說。

「芽衣，妳怎麼看？」

「我……我嗎？阿久津同學演羅密歐……說不定很適合，但可能還是不搭吧。」

「也就是說妳根本不在乎篤志。」

我這麼說，於是涼香跟達也又笑了。雖然篤志有點生氣就是了。

自從兩年前發生那件事後，芽衣就變得有些畏縮。我想她大概是在觀察我的臉色。儘管我盡量以平常心跟她相處，偶爾還是會忍不住冷淡地對待她。

關於對她說了捨棄夢想還比較好這件事，我真的感到很抱歉，所以好好向她道歉了……但是，即使只有一次，她也曾經用輕浮的心態述說了夢想，就算叫我不要放在心上，曾經認真追夢的我無論如何都沒辦法劃分開來。

然後我對像小孩子一樣幼稚的自己感到厭煩。

就如同某人說過的，放棄了當演員的我究竟在做什麼啊。

「我還是報名演羅密歐吧。」「勸你別那麼做比較好喲～」「真的別衝動啦。」

在篤志他們露出笑容，很開心似的聊天時，只有我跟芽衣沒有笑。

午休時的樓頂，只有我跟篤志兩人。其他三人因為之前的數學小考分數太差，正在參加補課。他們明明經常跟我一起念書，為什麼腦袋還這麼差呢？

「篤志，不要在吃午餐時滑手機，太沒規矩了。」

「喔……好。抱歉。」

最近篤志經常在滑手機。以前他很少會這樣……是交到女朋友了嗎？哎，對我而言，怎樣都無關緊要就是了。

「話說妳在羅茱要擔任什麼啊？」

「還沒決定是羅茱吧。不管是羅茱或李爾王，我都會擔任幕後工作人員。」

我嘴上這麼說，但幾乎可以確定是羅茱了。班上同學也都是這麼說的。下次班會時間一定就會確定星蘭祭要推出的節目是羅茱吧。

「那個……妳要不要演茱麗葉？」

「你突然在說什麼啊？我怎麼可能去演。」

「可是，那個……我會演羅密歐耶。」

「！你是認真的？」

「喂，妳這樣太沒禮貌了吧？」

因為篤志不管怎麼看，一點都不像羅密歐，再說他會演戲嗎？雖然小學曾辦過學習成果發表會……但我完全不記得當時的狀況了。

「總之，我會扮演羅密歐，所以妳也去扮演茱麗葉吧。青梅竹馬一起演羅茱的話，那個……感覺挺浪漫的吧？」

這麼說的篤志稍微臉紅了。別講到自己都害臊啦。

「辦不到。我才不會演什麼茱麗葉，我要當幕後工作人員。說起來，雖說是文化祭，要是我上台演戲，還是會挨媽媽罵吧。」

「只是文化祭的表演，妳媽媽應該也——」

「好啦好啦，這個話題到此為止。我已經吃完了，就先回教室嘍。」

我強硬地結束話題後，進入校舍。

《羅密歐與茱麗葉》嗎？是我最討厭的作品。

所以我不可能去演茱麗葉。

而且玲奈一定會主動開口說她想扮演茱麗葉吧。其他想報名演茱麗葉的人還真可憐呢。

畢竟對方是「天才」嘛，不可能贏得了。

……要是「天才」什麼的可以從這世上消失不見就好了。

記得有這麼一句話，屋漏偏逢連夜雨。

看來今天的我就是陷入這種狀況。因為星蘭祭要推出的節目是演戲，而且感覺會是《羅密歐與茱麗葉》，再加上現在——

「打掃讓人感覺很舒服耶～～！」

玲奈正浮現一副神清氣爽的表情。為什麼偏偏輪到我跟玲奈當打掃值日生啊？而且其他人還不知上哪去了。今天真的是倒楣透頂。

然後我勤奮地開始打掃，想快點結束這段時間。

於是大概花了十五分鐘左右就打掃完畢。雖然體感大約是一小時。

好啦，我還是趕緊離開現場吧，我可不想再繼續跟玲奈兩人獨處了。

我立刻收拾好東西準備回家，正當我要離開教室時——

「好，先別走。」玲奈突然站在我面前不讓我過去。

「……有什麼事嗎？我想回去了耶。」

「欸，咲，跟我聊聊吧。」

聽到這句話，我大吃一驚。因為在我的印象中，這兩年來跟她除了鬥嘴，沒有正常交談過……但是，我並不想跟她說話。

「我才不要。我要回去了。」

「別這麼說嘛。我就是為了跟妳聊聊，才跟其他人說可以不用打掃的。」

「！原來是妳搞的鬼……！」

「因為其他打掃值日生是我的粉絲，我就請他們照我說的做了。」

玲奈露出調皮的笑容。她從高一開始，一年比一年會製造麻煩，現在已經成了學校最棘手的問題人物。因此她的黑粉也爆增不少，相反地狂熱粉絲好像也變多了。

「總之，我跟妳沒有什麼好說的。」

「我啊，如果是李爾王就會扮演寇蒂莉亞，如果是羅茱就會扮演茱麗葉。」

玲奈不理會我的話，這麼說了起來……這傢伙真的很讓人火大耶。

「……妳可以不要自顧自地說起來嗎？應該說妳想講什麼？星蘭祭要演的戲？如果是這樣，我可是要當幕後工作人員。那我走了，再見。」

「真的這樣就好嗎？這對妳來說明明是個好機會。」

「啥？妳在說什麼？」

「我說這是打倒我的好機會。假如妳也跟我報名同一個角色，就會變成甄選吧？妳看，這樣妳說不定可以一雪『夕凪』甄選時的恥辱喔。」

玲奈露出大膽無畏的笑容。這是很明顯的挑釁。

「無聊透頂。我又不是小孩子，就算妳像那樣搧風點火也沒用。」

「假如是《羅密歐與茱麗葉》，在真正的意義上是那時的再戰呢。」

「……吵死了。我要回去了。」

「一定會很痛快吧～可以向曾經打敗自己的對手雪恥，還有在許多觀眾面前盡全力展現自己的演技——」

玲奈這麼說的時候，我不禁想像了那個畫面。

眼前有好幾百個觀眾，所有人的視線都聚集在我身上，每當我表演時，他們的表情就會跟著變來變去，一下感到快樂、一下感到悲傷——呃，但我不可能辦到這種事吧。因為我的演技無法感動任何人的心靈。

「我才不管那麼多……那我走了。」

我只是這麼告訴玲奈，然後避開她前進。

——不過……

「妳不能逃避自己喜歡的事情喔。」

玲奈突然這麼主張的一句話，讓我不禁停下腳步。

然後——玲奈繼續編織話語。

「我啊，覺得要逃避某件事本身並沒什麼關係。如果那個某件事害自己無法做想做的事情、無法活得像自己，我覺得選擇逃避也無妨……但是，如果是自己喜歡的事，那就另當別論了。」

玲奈用至今不曾看過的認真表情這麼向我訴說。

「妳還是很喜歡演戲對吧？既然這樣，就不能逃避喔。」

為了把每一字一句好好地傳達給我。

「而且我之前也說過吧。像妳這樣有出色演技的人，是不可能放棄當演員的。不可能放棄演戲。」

老實說，我並不曉得玲奈為何會這麼執著地要我再次當演員。

……但是，我明白了玲奈是真心為我著想。

然而——無論玲奈怎麼說，我都不會被打動。

「我之前也說過了吧？不管聽到『天才』說什麼，都只會讓我感到火大而已。」

我在最後這麼告訴她，便離開了教室。後方傳來玲奈的聲音，但我才不管那些……因為「天才」絕對不會明白我的心情。

◇◇◇

「你們學校最近好像要辦文化祭啊。」

在家裡吃晚餐時，媽媽突然這麼問我。順帶一提，爸爸因為工作，好像會晚歸。

「嗯，對啊。」

「你們文化祭要推出什麼節目？」

聽到媽媽這麼問，我說不出話來。是不是不要講比較好呢？但是不自然地隱瞞的話，之後穿幫也很麻煩……

「是舞台劇，媽媽。」

「舞台劇？咲，妳該不會——」

「不是，我沒有扮演任何角色。我會擔任幕後工作人員，妳放心吧。」

我這麼說明，於是媽媽露出鬆了口氣的表情。

雖然因為媽媽還是一樣酷，表情看起來沒什麼變化就是了。

「咲，妳絕對不能當演員喔。縱然是文化祭，妳也不能扮演任何角色。」

「嗯，我明白的。」

「我是為了妳的幸福才這麼說的。只要乖乖聽我的話，妳就一定能獲得幸福。」

「妳能獲得幸福」、「這是為了妳的幸福」——媽媽這些口頭禪從我國中開始就沒變。

媽媽總是在為我的幸福著想。

沒錯。我的幸福不需要演員的存在……根本不需要。

吃完晚餐也洗好澡後，我在自己的房間用功念書。

放棄當演員後的這幾年來，我每天晚上都在用功念書。一方面是因為如果考試考差了，會挨媽媽罵或受到許多限制；但一方面也是因為沒其他事可做，所以只好念書。就這樣念了兩小時的書後，我休息幾分鐘。

感覺有點變冷了，我決定在家居服外面穿一件連帽外套。

這是我很愛穿的連帽外套，顏色是我喜歡的水藍色，表面的設計有像黑點一樣的眼睛與鋸齒狀的嘴……明明如此，卻跟玲奈平常穿的連帽外套是同一個牌子。

儘管不想跟玲奈穿同一個牌子的連帽外套，但從跟她認識之前我就有這件外套了，而且我也很愛穿。要是我不穿這件連帽外套了，總覺得好像輸給了玲奈，所以我反倒會在能穿的時期天天穿。

……好啦，差不多該繼續念書了嗎？

穿好連帽外套後，我準備坐回椅子上時，某個東西映入眼簾。

是擺在書架上的──《羅密歐與茱麗葉》的劇本。那並不是星蘭祭要用的劇本。說起來，星蘭祭根本還沒確定是否會演羅茱。

那要說劇本是從哪來的話，就是「夕凪」甄選時用的劇本。

其他劇本全都丟掉了，其實這個也應該丟掉才對，但我刻意放在自己的房間。我也有跟媽媽說明理由，獲得她的准許。

我這麼做的理由就是用來警惕自己。

為了提醒放棄當演員的自己千萬不要再愚蠢地想立志當大明星。

只要看到這個劇本，就會回想起玲奈的演技，絕對不會浮現想當大明星的念頭。

這方法一直很有效。三天前也是、前天也是、昨天也是。

即使有一瞬間萌生想再次以大明星為目標的念頭，也會立刻消失無蹤。

明明平常一直很有效的……

——此刻我卻將手伸向了劇本。

我順勢翻開劇本，瀏覽內容。

我曾像傻瓜一樣在茱麗葉的台詞部分寫了許多筆記。

就像以前看過的，玲奈在「夕凪」拿到的劇本一樣……不，我的筆記量甚至還要更多。

該怎麼表現演技、要怎麼說這句台詞、這裡是否停頓一下比較好、如果要停頓大概要停幾秒、這一幕的茱麗葉是怎樣的心情、即使與全世界為敵也想與某人長相廝守的念頭是怎樣的心情？

隨著我一頁接一頁地翻閱劇本，不只回想起自己是多麼拚命在準備「夕凪」的入團甄選，也鮮明地回想起我賭上性命以大明星為目標的那段日子。

然後每當我讀到茱麗葉的台詞，就會被她無論如何都想與心愛之人長相廝守的勇氣吸引

——浮現想試著扮演她的念頭。

如果能在其他人面前扮演這麼出色的女性，一定很快樂吧。

「……但是，就憑我是不行的。」

就憑我演戲的天分和實力，無法發揮出她的魅力。

如果由我來演，對茱麗葉就太失禮了……這樣的我不可能贏得了像玲奈那樣的「天

才」。畢竟我只是個「模範生」嘛。

……回去念書吧。我這麼心想的同時，闔上了劇本。

然後——我將劇本丟進了垃圾桶。

◇◇◇

『沒有人可以阻止我懷抱夢想。』

從小時候開始，我就常常作同一個夢，次數已經多到數不清。

舞台上站著一個女性，她穿著寒酸的服裝，卻說出了跟服裝恰好相反，非常積極的話語……哎，雖然都是演出來的就是了。

儘管如此，我還是好幾次迷上了那個女性——應該說迷上了在扮演她的女性。

明明同樣的光景搞不好已經看過一百次了，我每次都還是會迷上那個女性。

……這真的是在作夢嗎？我該不會是在哪裡——

「是作夢啊。」

被手機鬧鐘叫醒的我意識完全清醒過來後，這麼喃喃自語。對了，明天有班會時間，要決定班上推出的節目，好像會順便決定角色怎麼分配。雖然對我來說是無關緊要的事……無論今天或明天，我都只管過著正確的人生。

學校的課結束，放學後。今天篤志跟達也似乎都不用參加社團活動，涼香和達也邀我五個人一起去玩，但這個月我已經出外玩了好幾次，再繼續玩樂的話感覺會被媽媽碎唸。儘管對其他四人不好意思，我還是決定乖乖回家。

結果涼香他們也說要一起回去，我跟他們走了一段路後才道別。現在則是跟篤志兩人單獨走在住宅區。

「明天就要決定演哪一齣戲了啊。」「是啊。雖然幾乎確定是羅茱了。」

「……欸，妳不演茱麗葉嗎？」「你還在說這件事啊。」

跟某個連帽外套女一模一樣。順帶一提，在學校時玲奈跟昨天一樣又跑來糾纏我了，但我完全不理她。

「我是……那個，我想跟妳一起演戲看看。」

「因為青梅竹馬一起演羅茱很浪漫？你還真是個浪漫主義者耶。」

「那種說法就類似表面話啦，不是真正的理由。」

「？那到底是為了什麼？」

我這麼詢問，於是篤志茫然望著染成茜色的天空，同時這麼回答：

「我只是一直想跟自己崇拜的人站在同一個舞台上。」

「你說崇拜……你崇拜我嗎……？」

我這麼問，於是篤志點了頭。接著他露出很開心似的笑容，開始述說：

「從小時候開始，妳就一直是我崇拜的對象。妳遇見了喜歡到可以賭上自己的一切的事物，而且為此能真的賭上一切，我一直崇拜著這樣的妳。」

「是……是嗎……可是，現在的我什麼都沒做就是了。」

「沒那回事喔。妳不是一直在煩惱嗎？即使妳在國三中途放棄當演員，直到今天，妳也總是在心裡不斷感到有些煩惱對吧？」

「才……才沒那回事……」

「就是有那回事。因為我是妳的青梅竹馬，扣除妳的家人，我陪在妳身旁的時間比任何人都久，所以我明白。妳到目前為止沒有任何一秒是什麼都沒做的，而且我現在也還崇拜著這樣的妳。」

篤志充滿自信似的斷言。為什麼他講得好像比我本人還懂我啊？真是個令人傷腦筋的青梅竹馬呢……但他這番話讓我很開心。雖然開心……

「對不起。就算這樣，我還是不會演茱麗——」

「我啊，一直只想著要怎麼保護妳，避免妳受到無謂的傷害。可是，雖然現在才醒悟太慢了，但我發現那樣做是錯的。我發現無論我怎麼保護妳，對妳都沒有幫助……」

篤志忽然這麼說了。這讓我感到困惑。

……他究竟在說什麼呢？

「我覺得只要有人好好地推妳一把，妳就能再次立志成為大明星。」

「咦，什麼意思……？」

「可是，那大概不是我的任務。因為──」

即使我感到困惑，篤志也毫不在乎，繼續說了下去。

接著他最後轉頭看向我──

「我還沒能找到喜歡得可以賭上自己一切的事物。」

他這次在說出這句話的同時，看似悲傷地笑了。

篤志說的話我還沒辦法全部理解，但只有最後那句我明白了。目前篤志在打籃球……然而對他而言，籃球並不是能賭上一切的事物。

這點我明白了。但是，其他部分是在說什麼？會推我一把的人？

「小咲，好久不見～」

突然傳來一個女性的聲音。那聲音聽起來有點輕浮，感覺個性就很隨便。

但我知道那個女性是多麼為我盡心盡力。

「友香……！」

「沒錯。就是為了見妳，把能做的工作都火速搞定的友香～～」

友香還是一樣漂亮。這個人是不是被施加了不會老的魔法啊？

「……妳來做什麼？應該說妳怎麼會在這裡？」

「是我聯絡她的。」篤志讓我看他的手機。這讓我大致理解了狀況。難怪他最近總是在滑手機……原來是這麼回事。

想不到篤志居然會特地去聯絡「愛麗絲」……

「篤志，你為什麼要做這種——」

「我剛才也說過吧？只是守護，對妳也沒有幫助。」

「事到如今，就算你叫友香來，我的心意也不會改變。」

我澈底放棄當演員時，友香阻止我，但我的決心並沒有動搖。即使睽違數年重逢，她又想再說服我，結果肯定也是一樣。

「要說服妳的不是我喔。」

「啥？那要由誰來說服我……沙織女士？是沙織女士對吧？我說啊，就算跟沙織女士談過，我的心意還是——」

「是全世界最支持小咲的粉絲。」

友香悄聲這麼說了。我說話的嘴巴也在同時停住，就這樣什麼也說不出來。在這樣的狀況下，友香又說了：

「全世界最支持小咲的粉絲正在等妳喔。」

全世界最支持我的粉絲。我立刻有了頭緒。無論是我以演員身分活躍，或是跌入谷底，無論何時都一直當我粉絲的那個人……可是——

「妳說她在等我，是什麼意思？這到底是怎麼回事？」

「跟我一起來就知道了。我把車停在附近。」友香指著車子所在的方向。

「什麼嘛，根本搞不懂妳的意思，卻要我跟妳一起走……」

「咲，拜託妳。只有現在就好，可以跟筒井小姐一起走嗎？」

篤志雙手合十，深深低頭懇求。可以看出他很拚命在拜託我……篤志。

「……真拿你沒辦法，我知道了。友香，我就跟妳一起走吧。」

「這樣啊。謝謝妳，小咲。」「謝啦，咲。」

兩人這麼向我道謝。明明還只是跟她走而已，也太多禮了吧。媽媽那邊……只要說我是去圖書館念書，才一天的話就沒問題。因為升上高中後，媽媽對我的信任至少有這種程度了。然後——我就在友香的帶領下，搭上了她的車。

「這裡是……！」

開車移動約十分鐘，我被帶到了「愛麗絲」經紀公司。

「為什麼是經紀公司？那孩子真的在這裡嗎？」

「在喲～不過她在這裡做什麼，詳情就請妳直接去問她本人吧。」

我就這樣在友香的帶領下，走進「愛麗絲」經紀公司。

或許因為她事先聯絡過，現在已是閒雜人等的我也順利進到裡面。

我就這樣被帶到經紀公司裡的一間會議室前面。

「我在的話大概會打擾到妳們，我就帶路到這邊嘍。」

然後友香讓出了從我這邊到會議室大門的路。

「那麼，妳們慢慢聊吧～」

「我現在都還搞不清楚狀況，是要怎麼慢慢聊啊。」

我有些不爽地這麼回應隨便應付我的友香。

但是，如果這個房間裡真的有我唯一的粉絲——

我帶著小鹿亂撞的心打開了門。

——只見房間裡坐著一名少女。

是個像洋娃娃一樣可愛的少女，而且她的雙手還緊抱著小娃娃。

感覺非常細心保養的柔順秀髮是及肩的中長髮。

寶石般清澈的眼睛；小巧迷人的嘴唇。

只是看一眼，就連同性都會墜入愛河般的端正容貌。

在世上的美少女當中，也是相當出類拔萃的美少女。

然後美少女在看到我的瞬間，大吃一驚似的站了起來。

「妳……妳妳……妳好。我……我是乙葉依櫻。我是小咲的超級粉絲。」

美少女一副顯然很緊張的模樣自我介紹了。

這一天，我首次見到了全世界最支持我的粉絲——小櫻。

◇◇◇

「幸會，我是綾瀨咲。」

我坐到跟小櫻面對面的座位上，也做了自我介紹。

「我……我知道。我……我一直支持著小咲，我……我很喜歡小咲——咳！咳！」
「妳還好嗎！該不會是感冒了？」
「不……不要緊的。我……我只是太緊張，講話講到自己嗆到而已。」
真……真的不要緊嗎？我是覺得那樣也未免緊張過頭了……
但從她的反應來看，她絕對是我的粉絲不會錯，而且也可以確定這女孩就是小櫻。話說回來，她還真是可愛到誇張耶。想不到這樣的女孩居然會是我的粉絲……
「妳……妳夾著我送的髮夾呢。我……我好開心。」
「咦……是……是啊。」我只簡短地這麼回應。畢竟我是因為抱著不想傷害小櫻這種自我滿足的想法，才夾著她送的髮夾——這種理由我實在說不出口……
「那個，妳拿的娃娃是那個吧，我還是童星時的……」
我指著小櫻緊抱著的娃娃。那娃娃頭上有像兔子耳朵的東西，身體沒有手腳，就像電玩遊戲裡經常會出現的史萊姆。
「是的。這是小咲童星時代演出的電視廣告裡的那隻『跳跳丸』。」
「真……真令人懷念呢。」
我還是很受歡迎的童星時，也經常出現在電視廣告，「跳跳丸」的廣告就是其中之一。
我幫忙宣傳時也沒賣多好，但當我一過氣，跳跳丸就突然爆紅起來……感覺心情好複雜。

「不過那是最早期的『跳跳丸』對吧？妳是怎麼拿到的啊？」

「當然是看到廣告播出後，就立刻跑去買了。正確來說，因為我當時還是小孩，是香織阿姨——是親戚阿姨幫我買的就是了……」

小櫻有點害羞似的說道。既然是在發售當時買的，那應該已經過了很長一段時間。明明如此，娃娃卻沒有絲毫損傷或髒汙……看來她非常寶貝這個娃娃……這樣啊，果然小櫻一直都是我的粉絲。

「小櫻，謝謝妳一直當我的粉絲。」

「不……不會！因……因為我很喜歡妳，一直當妳的粉絲是理所當然的！」

小櫻稍微面向下方，有些緊張地這麼回答。

……好啦，開場白就說到這邊，得好好跟她談談才行。

因為我是被友香帶到這裡來的，其實應該由小櫻來進展話題……但她看起來也不是那種主動的類型。

而且我也有很多話想跟小櫻聊聊。

「對了，為什麼妳會在『愛麗絲』啊？該不會是友香把妳綁架過來的？」

「不……不是的！其……其實我升上高中後，就隸屬於『愛麗絲』。」

「妳說隸屬……妳進『愛麗絲』了？」

小櫻點了頭。然後小櫻向我說明友香是她的經紀人。我們這間經紀公司的確也有偶像，而且如果是小櫻這種等級的美少女，感覺是能加入沒錯啦……

「所以妳目前在當偶像還是模特兒嗎？」

對於我這個問題，小櫻搖搖頭否定。

「我……在當演員！」

「！妳說演員，這又是為什麼……！」

我並不是看不起偶像和模特兒，這兩種職業也是必須拚命努力才能成為一流的人吧。只不過如果有小櫻這樣的容貌，比起演員，感覺當偶像或模特兒應該凡事都會更一帆風順。

我很清楚，無論外表有多好看，演員只要演技不行就沒救了。會在一瞬間被放棄，跌入谷底，而且要從谷底爬上來極為困難。

「這還用說嗎？」

於是小櫻筆直地注視著我，這麼說道。她的表情十分認真。

然後她用跟剛才截然不同的清楚明確的語調——將想法化為言語。

「我是希望小咲可以再次立志當大明星，才會成為演員的。」

聽到她這番話，我大吃一驚。

「妳說為了讓我立志當大明星……」

「是的。我想說如果妳的粉絲像這樣變成了演員，或許能鼓勵到妳。當然也不是只有這樣，我很嚮往妳的演技，嚮往演員這份工作，才會進入『愛麗絲』當演員。」

小櫻把她自己的想法明確地告訴我。老實說，我很意外她會像這樣跟我說話。因為我剛進房間時，她一直畏畏縮縮，雖然一方面是因為她是我的粉絲，但她說話也常吞吞吐吐……

然而——

「對不起，我已經不打算以大明星為目標了。在寄給妳的信上也有提到，因為我沒有天分也沒有實力……」

因為我知道世上存在著像七瀨玲奈一樣的「天才」。除了她之外一定還有好幾個天才，只是我還沒遇到而已。明知有這樣的天才，我哪來的資格以大明星為目標……

「沒有天分也沒有實力的話，就不能立志成為大明星嗎？」

「咦……？」

我這麼反問，於是小櫻稍微改變話題，說起關於她自己的事。

「我前陣子首次拿到了連續劇的角色。雖然是個小角色，台詞也只有幾句，但在拿到那個角色前，我參加試鏡連續落選了大概一百次。」

這麼述說的她已經不會說不出話，也不會緊張。

她只是拚命想傳達某些事情給我。

「妳說一百次……」

「沒錯。我也是一樣的，我沒有當演員的天分，也沒有實力。」

沒有當演員的天分和實力，試鏡也落選了一百次。

……明明如此，小櫻的眼神卻完全沒有死心。

「就算這樣，我還是會立志成為大明星。」

反倒讓人覺得閃耀著更強烈的光芒。

「小櫻妳立志成為大明星……」

「沒錯。一開始是為了鼓勵妳，還有嚮往演員才成為了演員。然而學到了關於演戲的事，還有為了更進一步磨練學到的演技，我在老家那邊的小劇場無償演出，在觀眾面前演著演著，我就愛上了演戲！我也跟小咲一樣，開始想成為大明星了！」

小櫻帶著充滿希望的表情這麼述說，就像以前的我那樣。

「但我們兩人所想像的大明星，或許完全不同就是了。」

最後小櫻有些害羞似的這麼說，結束了這個話題。

啊，對喔。她什麼也不知道啊。我的演技讓她想成為演員，老實說我很高興……但是，那就表示把她帶進演員世界的人是我。既然這樣，我就必須負起責任。

「那個……我是不太想這麼說，不過小櫻妳還不明白所謂的演員有多麼不講理。妳說就算自己沒天分和實力也要立志成為大明星，但什麼都沒有的人不可能成為大明星——」

「妳認為所謂的『活著』是怎麼一回事呢？」

真是個很突然的問題，而且是那種把到剛才為止的話題發展都猛然砍斷的莫名其妙的問題。我不禁打住話頭。

「小咲，妳可以回答我嗎？妳認為所謂的『活著』是怎麼一回事呢？」

小櫻筆直注視著我，再次這麼詢問。

可以感受到這絕不是在開玩笑，而是很重要的事情。

既然這樣……我也決定認真地思考並回答她。

「活著……就是心臟在跳動嗎？」

我這個回答讓小櫻搖了搖頭。不是她要的答案……

「那麼，是指呼吸嗎？」

這個回答又讓小櫻搖了搖頭。也……也不是這個答案啊……

其他還有……其他還有……

「會害怕死亡。這答案如何？」

我充滿自信地這麼回答，於是小櫻比剛才都還要更用力地搖了頭。

這……這答案也不對啊。根本沒一個猜中嘛……

「只要心臟在跳動，就是活著嗎？只要在呼吸，就是活著嗎？」

小櫻重複我的答案。

「只是因為不想死而活著，那算是活著嗎？」

她又這麼重複。

接著她再次搖搖頭。

「我認為這些答案都不對。所謂的『活著』一定是——」

然後小櫻在最後給了我答案。

「把自己的生命——也就是『時間』用在喜歡的事情上。」

聽到這番話的瞬間，我的心跳很自然地開始加速。

「我認為那就是所謂的『活著』。」

「把生命用在喜歡的事情上……」

「沒錯。有人會說活著是在人生這條道路上前進，但我認為那也就是說我們正在靠近人生的終點。」

小櫻像是要把一字一句仔細傳達給我，緩緩地這麼述說。

正在靠近人生的終點……我從來沒想過這種事。

「既然這樣，在抵達終點前，把自己的人生、自己的生命這段時間統統用在喜歡的事情上，當然比較好吧。」

不過，要只做喜歡的事情很困難，因為要做喜歡的事有時也需要花錢。

說起來，也有人還沒找到自己喜歡的事情吧。

然而，小櫻告訴我為了做喜歡的事情努力賺錢，或是尋找自己喜歡的事情，也同樣是所謂的「活著」。

「我的父親是醫生，母親是律師。因為他們都很聰明，特別注重教育，我從小就每天被迫念書一整天。」

小櫻接著這麼說了。

她一直被迫念書，但因為她個性軟弱，無法開口說不想再念了。而且她在學校的成績經常是全年級第一名，豈止如此，腦袋甚至遠比高她一個年級的學長姊還要聰明。

所以她認為只要順從父母繼續念書，就可以獲得大家想像中的那種幸福。

雖然整天都在念書很痛苦，如果可以獲得幸福，就是正確的人生吧。

然後這就是所謂的「活著」——當時的她還是個小孩，卻也這麼想了。

「但看到小咲的演技，我變成小咲的粉絲，跟小咲同樣變成演員，然後想以大明星為目標。無論是在試鏡或練習時，當我反覆演戲、反覆做自己喜歡的事情時，我心想這就是所謂的『活著』。」

小櫻說完這些話，雙眼看起來更加閃耀了。

……好帥。明明對方是我的粉絲，我卻不禁這麼心想。

「小咲妳現在『活著』嗎？」

小櫻忽然對我拋出這個問題。

「我……我……」

答案已經出來了。現在的我不算「活著」。

因為我沒有一秒是用在自己喜歡的事情上。

這麼理解之後，我不禁陷入思考。

就這樣繼續過不算「活著」的人生真的好嗎……？

「小咲，我不會突然就要妳立志成為大明星，因為我並不曉得妳至今體驗過的痛苦……

但是，無論是以什麼形式再去做妳最喜歡的事情都無妨，要不要從試著當演員開始呢？」

「這……這個……我現在才去當演員，也毫無意義……」

「因為是最喜歡的事情，所以要做。這樣就足夠成為當演員的意義了！」

小櫻露出燦爛的笑容這麼回應我後——直接說了：

「縱然妳還無法去追夢，也可以先做自己喜歡的事！在妳持續做自己喜歡的事情時、一步一步向前邁進時、還有『活著』的時候，如果又想開始追夢，到時候就盡全力去追逐夢想吧！」

小櫻這番話讓我受到震撼。

以往的我只有繼續以大明星為目標，或是不當演員這兩個選項。

所以我一直認為既然自己都覺得無法變成大明星了，再繼續當演員也沒意義……但是，原來是這樣啊。縱然沒有夢想或目標，我還是可以演戲，可以做自己喜歡的事情。

這麼一想，不安就漸漸消散，內心也變輕鬆了。

「謝謝妳，小櫻。」

回過神時，我已經向小櫻道謝了。

因為——妳的話語確實傳遞給我了。

「我會再一次試著當演員看看。」

就如同小櫻說的，現在要馬上立志當大明星，老實說很可怕。

就算這樣！我還是想再演戲，做我最喜歡的事情。

我想真正地「活著」！

結果，我就是喜歡演戲喜歡到這種地步。

「真的嗎！我好開心！真的非常開心！」

我話說到一半，小櫻便欣喜地露出很開心的表情。

別……別擺出那麼可愛的表情。她說不定比我還可愛……

「那個，請問可以握手嗎！我一直很想跟小咲握手！」

「妳……妳冷靜一點。還有別那樣逼近我，有點可怕。」

小櫻從座位上衝過來，有些興奮地靠近我。

之後在她的拜託之下，我跟她握手還有幫她簽名。

因為她對我說了很多，我都忘了她原本是我的粉絲。

就這樣，我跟小櫻閒聊了一下。

小櫻目前在「愛麗絲」當演員，參加經紀公司甄選時似乎已經跟父母大吵一架，雖然她設法成功說服了母親，好像還沒辦法完美地說服父親。
她的父親因為工作幾乎不在家，但偶爾碰到時好像會很尷尬。不過我們原本感情就沒多好，無所謂啦——小櫻在最後這麼說了。
「欸，小櫻，妳說妳要以大明星為目標……呃，假如妳沒能當上大明星，要怎麼辦？」
小櫻說完她的故事後，我對這點感到好奇，於是開口問了。想像一下假如夢想沒有實現，她不會感到害怕嗎——但小櫻她……
「假如追夢失敗，我就創立小劇團，自掏腰包租個小型劇場，邀請幾個觀眾免費觀賞我笨拙的演技。我會像這樣『活下去』喔！」
露出滿面笑容這麼主張了。
夢想無法實現的話，就到時再說吧——她用這種輕鬆的感覺說道。
我不禁笑了出來。她的精神也太強韌了吧。
「對了！我還有一件事必須告訴小咲。」
這時小櫻啪一聲雙手合十說了。
「必須告訴我的事，是什麼呢？」
「縱然沒有天分和實力，我覺得能變成大明星的機率也不低。」
這時小櫻她——又露出笑容。

「因為就算小咲妳沒有天分和實力，妳『活著』時的演技也總是能夠打動我的心。」

她僅僅這麼一句話，就讓我的內心洋溢著感動……這還是第一次聽到粉絲直接告訴我對我的演技有什麼感想。而且雖說她曾在粉絲信上告訴過我一次，原來我的演技真的有打動她的心……太好了。

跟童星時代聽到連續劇或電影的工作人員和導演說的話截然不同，她的話讓我打從心底感到高興，高興到彷彿隨時會哭出來。

……但可不能讓粉絲看到我哭泣的模樣呢。

「小櫻，真的很謝謝妳。」

相對地，我由衷向她表達感謝。然後我拿出自己的手機。

「我說小櫻，我們來交換聯絡方式吧。」

「咦咦！可……可可……可以嗎！」

「是我主動拜託妳的，當然可以啦。」

我這麼說，於是小櫻也拿出手機，和我交換了聯絡方式。

小櫻用臉頰磨蹭著手機……她開心的方式還真是驚人。

「這下我跟妳就是朋友嘍。」

「朋……朋友！不……不會吧，跟小咲妳當朋友，不勝惶恐……！」

「妳在說什麼啊，粉絲才不會像這樣跟我交換聯絡方式，而且是我想跟妳做朋友喔。」

「跟小咲做朋友……」小櫻這麼喃喃自語後——突然哭了出來。

「咦咦！妳為什麼在哭啊！」

「我……我太高興了……對……對不起。」

「這……這樣啊，那就好……真拿妳沒辦法呢。」

我將隨身攜帶的面紙遞給她，於是她擦完眼淚後又擤了擤鼻涕。簡直就像需要人費心照顧的妹妹。

「話先說在前頭，今後禁止妳用敬語跟我說話，也不能在我名字前面加上『小』。畢竟如果用跟妳還是粉絲時一樣的稱呼，就沒有變成朋友的感覺了。我也會直接叫妳依櫻。」

「禁止用敬語跟在名字前面加上『小』……我辦不到。」

「怎麼可能辦不到。妳要好好照辦，這是命令。」

我瞪了一下依櫻，於是她畏縮地發出「咿」的一聲。她義正辭嚴地向我主張時的那股氣勢上哪去啦……

「遵命……不對……我知道了，ㄒ……ㄒㄒ……咲。」

「妳講得超級僵硬耶……不過現在就算啦。」

看來在她變得能好好說話前，得花上一段時間。我不經意看向掛在室內牆壁上的時鐘，發現我進會議室後經過了約一小時。

差不多該回家了，不然可能沒辦法把媽媽敷衍過去。

「對不起喔，依櫻，我得回家了，最後可以讓我再問一個問題嗎？」

「是……是的——不對，嗯。怎……怎麼了嗎？」

依櫻露出一臉不解的表情，我對她拋出疑問。

「妳想像中的大明星是怎樣的呢？」

我純粹是感到好奇，依櫻想成為的大明星是怎樣的明星。

於是依櫻絲毫不害羞，抬頭挺胸地回答我：

「觀眾只要有一瞬間看到我的演技，就會迷戀上我的那種演員！」

聽到依櫻這個答案的瞬間，我不禁笑了。

她不明所以地露出茫然的表情，不過這時我十分開心。

因為乙葉依櫻立志成為的大明星，跟我想像中的完全一樣。

這一天，我交到了今後會相處一輩子的朋友。

而且——我決定再從當演員這件事重新出發。

◇◇◇

隔天。班會時，舞台劇主題就跟預料的一樣決定是《羅密歐與茱麗葉》。

「那麼接下來要決定角色分配，首先是茱麗——」

「我！我想演！」

文化祭執行委員才講到一半，玲奈就猛然舉手毛遂自薦。

就算她不那麼著急，角色也不會跑掉啊。

「七瀨要演喔～～真無聊耶～～」「那傢伙很愛引人注目耶～～」「……是啊。」

「七瀨果然不會放過這個機會……」

篤志他們各自表現出不同的反應。自從兩年前我跟玲奈起口角後，除了本來就討厭玲奈的篤志，達也跟涼香也變成了玲奈的黑粉。順帶一提，玲奈黑粉在我們班大概占了八成……

到底要怎麼做才會被討厭成那樣啊？

「那麼，還有其他人想扮演茱麗葉嗎？」

文化祭執行委員這麼詢問，但沒有任何人舉手。這是當然的，畢竟很少人會主動想演台詞多又辛苦的主角嘛。
所以一般來說，應該就是由玲奈來扮演茱麗葉一角……一般來說的話。
「那麼，茱麗葉一角就由七瀨同學——」

「等一下！」

教室裡響起一道銳利的聲音……哎，就是我的聲音啦。
「我也要報名扮演茱麗葉。」
我接著這麼說完的瞬間，同班同學開始議論紛紛。大概就像「綾瀨居然要演茱麗葉！」這種感覺。芽衣、涼香跟達也嚇了好大一跳，都差點從椅子上摔下來了。
但是，只有篤志一個人很高興似的笑了。因為我早上已經告訴他我會報名扮演茱麗葉，還有我決定再次當演員的事。
「咦，咲也想演茱麗葉嗎？」
先報名扮演茱麗葉的玲奈有些挑釁似的這麼問我。
「對啊。有意見嗎？」
「沒有。我是沒什麼意見啦。」

玲奈的視線盯向我，嘴角看起來卻像是露出了微笑。

她似乎挺從容不迫，還是一樣讓人火大呢。

然後茱麗葉一角決定在三天後透過試演來決定由誰扮演。「夕凪」的入團甄選時我敗給了玲奈，三天後就是我向她雪恥的日子。

等著瞧吧，玲奈，「模範生」會打敗「天才」的。

◇◇◇

這是我跟依櫻首次見面那天晚上的事。我決定再次當演員……但同時，我必須先說服媽媽，才能做自己最喜歡的事。

就算直接跟媽媽說請她讓我回去當演員，她大概也百分之百不會答應。

那該怎麼辦呢？我思考後的結果……決定找依櫻商量。

我也覺得自己這樣很窩囊，但情況緊急，也沒辦法吧。

而且依櫻好像已經說服母親，讓她認同自己立志成為大明星這件事，所以應該可以提供很有參考價值的意見。我滿懷期待地傳訊息給她，於是大概十秒後就收到了回覆……我的房間應該沒有監視器吧？

『我覺得小咲只要在媽媽面前認真展現出自己的演技就可以了。這樣小咲媽媽也會感受到妳是認真的！』

……雖然不用敬語了，還是會加「小」來稱呼我啊。

姑且不提這些，向媽媽展現我的演技……嗎？

對喔，總覺得從我當童星活躍那時以後，好像一次也沒有讓媽媽看過我的演技了。而且演員工作變少後，媽媽也不會來現場陪我了。

哎，畢竟工作開始減少，接到的工作都是只有幾句台詞的角色，這也是理所當然。

……好，決定了！我要在媽媽面前展現演技！

感覺也只有這個方法可以說服現在的媽媽了。假如失敗……就到時再想辦法吧。好不容易可以再做最喜歡的事情，要是從一開始就感到害怕也無濟於事。幸運的是，正好有一個活動很適合用來在媽媽面前展現演技。

我們班在星蘭祭推出的節目是舞台劇，只要在那時向媽媽展現演技就行了。

再說，作為我再次開始當演員的第一步，沒有比這更棒的舞台了。

而且要表演的題材一定是《羅密歐與茱麗葉》。

茱麗葉是我擅長扮演的類型，要在媽媽面前表演的話，除了茱麗葉別無他選。

雖然為此必須打倒七瀨玲奈那個「天才」……但正合我意。我就打倒玲奈，獲得茱麗葉這個角色給大家看吧。

我要一雪「夕凪」入團甄選時的恥辱，向媽媽展現屬於我的茱麗葉。我要不被任何人抱怨地去做自己最喜歡的事情。

為了有一天可以再次追逐夢想。

——上述就是我報名茱麗葉一角的來龍去脈。當然我會報名的理由，多少也包含了我原本就有想演茱麗葉看看的念頭。

「如此一來，我也會就此捨棄凱普萊特家！」

報名茱麗葉一角那天的放學後。我在沒有人的教室裡讀著試演用的劇本，同時扮演茱麗葉。哎，說是劇本，也只是寫著大家都知道的《羅密歐與茱麗葉》著名場面的台詞。

「喔喔，不愧是咲！演技真棒！」

篤志不斷鼓掌。他似乎不用參加社團活動，正在陪我練習。

我還以為涼香和達也會說他們也要幫忙，但並沒這回事……總覺得最近好像常被安排跟篤志兩人獨處。

至於芽衣……她沒有說要幫忙，也沒說不幫忙。

「謝謝你。接著就回到開頭，輪到篤志你嘍。在『噢，羅密歐』前面那一句台詞。」

「喔，好……可是啊，這個需要我嗎？」

「嗯。因為我想一邊聽羅密歐的台詞，一邊不斷思考怎麼演是最好的。」

加上我還有從自己房間的垃圾桶挖出來的「夕凪」入團甄選時的《羅密歐與茱麗葉》劇本。上面有大量的詳細筆記，寫著我當時是打算怎麼去表演茱麗葉的。

我確認「夕凪」甄選時的劇本，反覆實際添加了羅密歐一角的練習，一心一意提昇自己的演技。我只能重複這樣的練習，設法贏過玲奈。

反正玲奈一定沒有人可以陪她練習吧……我這麼盼望。

「妳是乘著緩緩移動的白雲，悠然越過穹蒼的天使。」

話說回來，篤志出乎意料地很會演耶……感覺真是複雜。順帶一提，羅密歐一角已經確定是他了，因為除了他以外沒人報名。

之後我請篤志協助，練習了大約兩小時。就算會晚一點回家，只要跟媽媽說我是去念書，到試演會也才三天，沒問題的。

老實說，我不覺得這樣的練習量足夠，但也不能在家裡光明正大地練習……只能在自己房間專心熟讀劇本了。

如果只是稍微擺動手腳的演技，只要安靜行動，就能不被發現地偷偷練習。

「咲，照妳目前的狀況，應該能贏過七瀨吧？」

「你想得還真簡單。玲奈的演技可是比我厲害百萬倍喔。」

練習後，對於篤志的問題，我搖了頭這麼回答。

「可是，我也絲毫不打算認輸。我會給玲奈一點顏色瞧瞧。」

「不錯喔，咲，我也會盡全力支援妳。然後首先就讓妳媽媽認同妳當演員這件事吧。」

篤志像這樣鼓勵著我。我有告訴他我打算在星蘭祭扮演茱麗葉，說服媽媽的計畫。畢竟要請他陪我練習，當然得告訴他原因啊。

我非贏過玲奈不可，也必須說服媽媽。

……但是，除此之外還有非做不可的事。

我必須解決從兩年前就一直殘留下來的問題。

◇◇◇

就這樣，三天後。在那之後我跟篤志兩人反覆進行練習，在家裡也小心不被媽媽發現，專心地偷偷自主練習，結果轉眼間就來到試演會當天。

我已經練習到不會留下一絲後悔，也犧牲了睡眠時間，認真練習過了。

所以剩下就只等在正式上場時發揮出練習的成果。

「芽衣，可以借用幾分鐘嗎？」

試演會開始前，我這麼呼喚芽衣。她露出有些驚訝的表情，還是過來我這邊了。不知是否產生了興趣，達也跟涼香也想跟過來，但篤志幫忙制止了他們。畢竟我有告訴篤志內情嘛……他真是幫了大忙。

「怎……怎麼了嗎？小咲？」

芽衣有些畏縮地這麼詢問。我溫柔地將雙手搭在她的肩膀上。

「今天的試演我會扮演茱麗葉，我最希望的就是妳可以仔細看我的演技。」

「！希……希望我看……？」

我點了頭表示肯定——然後開始說了：

「其實我直到幾年前，一直立志要當演員。不是普通的演員，我想成為只要看到一眼我的演技，大家都會迷戀上我的那種大明星。」

聽到我這番話，芽衣驚訝地睜大了眼。之後我也打算把這件事告訴涼香和達也。

但首先我想告訴芽衣，因為她以前曾說過她夢想成為專業插畫家。

然後我向芽衣說出了所有事情。我告訴她我小時候曾以童星身分活躍了一陣子，但因為沒有天分和實力，轉眼間就接不到工作了。就算這樣，我還是拚命掙扎，想成為大明星。然而果然還是沒用，因此我一度放棄當演員……但是，最近我又決定從再當演員這件事重新出發。

「我為了今天的試演，一直拚命練習。因為我有非扮演茱麗葉不可的理由……而且我最喜歡的事就是演戲了。」

我希望芽衣可以仔細看這樣的我表現出來的演技。

然後，假如芽衣還想當上專業插畫家，我希望她可以感受到要立志當專業人士或實現夢想，至少必須認真地拚命奮鬥。因為就算付出那麼多努力，很多時候還是無法成為專業人士或實現夢想。我這麼述說後——

「畢竟芽衣妳好不容易找到了喜歡得想成為專業人士的事情，如果要立志成為專業插畫家卻半途而廢，不是很可惜嗎？」

以前篤志說過他還沒能找到喜歡得可以賭上一切的事情。我想那也就是說擁有一件喜歡到能懷抱夢想的事非常幸運。正因如此，假如芽衣現在懷抱著夢想，我打從心底希望她可以努力到最後。

「小……小咲……」

「我講了些自以為是的話，對不起。我會努力表演，讓妳確實感受到我的心意。請妳看著我的表演喔。」

我離開芽衣身旁後，正好文化祭執行委員這麼宣告：

「那麼，接下來即將開始茱麗葉一角的試演。」

試演的規則是由我和玲奈輪流在全班同學面前表演事先指定的台詞。請班上同學看過我們的表演後，判斷誰的演技比較好，最後以多數決來選出由誰扮演茱麗葉一角。

我們決定用猜拳決定順序——然後我贏了。

太棒了，今天的我真是走運。我選擇第一個表演。

「那麼，準備好的話，請自己抓個時機開始表演。」

我移動到班上同學前面，文化祭執行委員這麼發出指示。

「小咲加油～～！」「綾瀨的話一定行！」

涼香和達也替我送上加油聲；芽衣則認真地看著我。

篤志對我送出彷彿在說「如果是妳一定行」的視線。

是因為好久沒在這麼多人面前表演嗎……我感到緊張。

……不，理由不只是這樣。腦海中還是會閃過以前苦澀的記憶。

『妳的演技好像模範生，實在很乏味耶。』

這是以前評審對我的演技說過的感想之一……有什麼關係呢？我就演給他們看吧。我一定要在這裡表現出最棒的演技，抓住班上同學的心。

就讓你們見識一下「模範生」偶爾也是會贏過「天才」的場面吧。

我摸了摸夾在頭髮上的巧克力色髮夾。

依櫻，我接下來會表現出最棒的演技喔……好。

——我要上嘍。

「噢，羅密歐！羅密歐！為什麼你是羅密歐呢？」

我說出第一句台詞。

剎那間，班上同學的視線都緊盯著我不放，並且騷動起來。

例如說我很會演。

或是演技很棒。

還有好像真的茱麗葉一樣之類。

這種感覺實在太棒了！我一邊表演一邊打從心底這麼想。

班上同學一定不是很了解何謂演技，所以即使是我這樣的表演也會引起他們的騷動，但就算如此，我還是高興得發抖。

我再次這麼心想——我果然很喜歡演戲，喜歡到無藥可救呢。

我之前居然想放棄這件事嗎？我真是個傻瓜。

之後我也繼續表演。
彷彿要向大家誇耀：「這就是屬於我的茱麗葉！」
然後——
「如此一來，我也會就此捨棄凱普萊特家！」
我說完了最後一句台詞。班上同學都看著我，沒有一個人分心——就在這時，我與玲奈對上視線。
如何？這就是我的茱麗葉。贏得了的話，就贏給我看吧。
我送上這種挑釁的視線。
不過，玲奈用笑容回應我就是了。真讓人火大——
「好厲害呀，小咲！」「原來綾瀨還會演戲啊！」
我回到自己的座位，於是涼香和達也都很開心似的稱讚我。
「演得很棒喔，咲。」
「篤志，你很吵耶。」
篤志朝我露出溫柔的笑容。感覺好像被他看透了很多東西，真令人不爽。
「小……小咲。」
正當我這麼心想，芽衣走向了我。她的雙眼浮現出淚水。

「我……好感動！非常感動喔……！」

「……是嗎？那就太好了。」

如果芽衣看到我的演技，可以感受到什麼，光是這樣，我今天的表演就有意義了吧。縱然輸給玲奈也——

「噢，羅密歐！羅密歐！為什麼你是羅密歐呢？」

輪到玲奈上場，當她一開始表演——時間就停止了。並不是時間真的停止，而是班上同學都完全停下動作，所以讓人有這樣的感覺。

就跟「夕凪」的入團甄選時一樣。不，她支配現場氣氛的力量比當時更強了，甚至已經超越了震撼這個詞。

從「夕凪」的入團甄選那天起，玲奈又成長了好幾倍。

——真令人嚮往啊。

玲奈的演技讓我坦然這麼心想。好希望自己也能變成那樣。

但我這個「模範生」無法表現出像玲奈那種「天才」的演技，今後也是一輩子都辦不到吧。

但是就算這樣，也並非無法打動人心，未必無法成為大明星——我從依櫻那裡學到了這件事。

我至今什麼都沒做，只是突然練習了三天，果然還是遠遠不及玲奈的演技……嗯，今天我就乖乖認輸吧。不過有下次機會的話，比起玲奈的演技，我一定要用自己的演技讓更多人深受感動！

「如此一來，我也會就此捨棄凱普萊特家！」

玲奈說完了最後一句台詞。教室裡依舊靜悄悄的，沒有人開口說話或行動，就好像玲奈的演技讓班上同學中了魔法一樣……我完全輸了啊。

不過，或許是因為這次澈底展現出了自己的演技，內心感覺十分暢快。

過了一陣子——玲奈讓班上同學暫停時間的魔法解開後，進入投票時間。

「我接下來會依序喊出她們的名字，請大家在自己認為適合的人選被喊到時舉手。」

文化祭執行委員說明完畢，接著便開始投票……好啦，媽媽那邊該怎麼辦呢？無法扮演茱麗葉的話，因為其他角色已經都有人演了，無法在星蘭祭向媽媽展現我的演技……不過，感覺就算著急也想不出什麼好方案，之後再來思考吧。我悠哉地這麼想著。

這時試演的投票結果公布了。

——被選上扮演茱麗葉一角的人是我。

◇◇◇

試演結束後。正好進入午休時間，我走向擔任文化祭執行委員的男學生想跟他搭話，當然是為了辭退茱麗葉一角。

「咲，妳過來一下。」

這時忽然有人從後面拉住我的手。伸手拉我的人是玲奈。

我試圖甩開她的手，但她的力氣很大，我就這樣被她帶離現場。

「放開我！快放開我啦！」

即使我這麼主張，玲奈也根本不聽，帶著我不斷前進。

就這樣來到沒有人的另一棟校舍走廊後，玲奈才總算鬆開了手。

「妳做什麼啊！」

「那是我要說的台詞。妳怎麼擅自想辭退茱麗葉一角啊。」

「那是理所當然吧。那樣的投票根本不公平。」

關於試演的投票結果，我獲得了壓倒性的票數。

……但那只是討厭玲奈的學生都投給我而已，沒有一票是投給我的演技。我太大意了。

沒想到即使演技有那麼大的差距，還是有學生是看自己喜歡或討厭誰來投票……

「我不會扮演茱麗葉的。因為這樣而獲得角色，我也一點都不開心。」

「不行，茱麗葉就由妳來扮演。」

「為什麼妳要說這種話啊？明明是妳遇到最不公平的事情……」

「其實我早就知道會變成這樣了。」

玲奈突然這麼說了。她的雙眼看起來有些寂寞。

「但我原本以為就算這樣，如果是我的演技，應該能讓大家回心轉意……雖然結果很遺憾啦。」

「什麼遺憾……只要我辭退茱麗葉這個角色——」

「絕對不行。不管幾次我都會說，茱麗葉必須由妳來扮演才行。」

「為什麼！我一直很想問，為什麼妳要這麼關心我？」

即使不再是朋友，玲奈還是會試圖讓我再次演戲，今天則是試圖讓我扮演茱麗葉一角。

為什麼她要為我做到這種地步……？

「我之前也說過，我喜歡妳賭上一切在演戲的演技。就只是這樣而已。」

玲奈立刻回答我的疑問，然後笑了。

「所以我很想看看妳在星蘭祭扮演茱麗葉的樣子！」

玲奈雙眼閃閃發亮地這麼說道。

那個玲奈居然說想看我扮演的茱麗葉……

「咲，妳要扮演茱麗葉！讓更多人看到妳出色的演技吧！」

玲奈開朗地笑了，朝我伸出手，彷彿在說：「要演的話就抓住我的手。」

「……真的可以嗎？」

「當然可以！因為妳的演技真的很出色！」

她毫不猶豫地表達出直接坦率的話語。而且這麼說的人是那個「天才」玲奈。

受到這樣的待遇，內心不可能不感到雀躍。我必須讓媽媽看到我盡全力扮演茱麗葉的模樣，讓媽媽認同我演戲。

當然，在我想扮演茱麗葉的理由中，這是最重要的一點，然而其中也包含我純粹想演演看茱麗葉的心情。因為茱麗葉是非常迷人的女性。

「……對不起，玲奈，我想演茱麗葉。」

「嗯！妳要盡情演出喔！因為我也非常想看妳的演技！」

我老實地說出心聲，於是玲奈主動牽起我的手。結果還是由妳主動牽起啊。

不過，我感覺稍微鬆了口氣。然後我喃喃自語般對玲奈說了一句：

「……謝謝妳。」

「我說咲，妳覺得班上同學為什麼會投給妳？」

「那是因為大半的同學都討厭玲奈妳吧。」

「妳講話真不留情耶～可是，那樣只答對了三分之一。」

「三分之一？妳是說另外還有兩個理由嗎？」

玲奈猛點頭肯定我這個疑問。

「其中一個是比起我的演技，有人對妳的演技評價更高。」

「！那怎麼可能……！」

「我說過妳的演技很出色吧。我覺得比起我的演技，一定有人更喜歡妳的演技。不過，如果是比較了解演戲的人來評審，或許大家都會說我比妳厲害吧！」

玲奈笑咪咪地說道。她說的確實沒錯，但還真讓人不爽～

「然後，還有一個理由是……因為大家都很喜歡妳這個人！」

「喜歡我這個人……？」

「沒錯！因為妳很溫柔，妳的每一個行動都讓大家很感謝，然後大家都會喜歡上妳。不對，是會迷戀上妳！」

玲奈感同身受般開心地這麼說了。

……什麼嘛，聽到她這麼說，會讓人很難為情啦。

「試演的結果並沒有太大的出入喔。我被很多人討厭，所以拿不到票；妳則是因為大家非常喜歡而且信賴妳，拿到了很多票。」

因為是最後一次星蘭祭，想投票給自己信賴的學生是理所當然啊～玲奈開心似的接著這麼說了。

「那妳也別搞什麼玲奈節，不要當問題人物就好啦。」

「才不要！因為我無論何時都想做好玩的事！」

玲奈立刻這麼回答，並吐了吐舌頭……真像玲奈的作風呢。

「啊，順帶一提，我可是很討厭妳喔。」

「我也最討厭玲奈妳了。」

玲奈像在捉弄我似的這麼說，所以我也這麼回嘴。

不過，跟兩年前的爭執不同……這次是非常溫柔且快樂的鬥嘴。

我是「模範生」，玲奈則是「天才」。我們兩人注定水火不容。

這樣的我們大概已經無法變回朋友了。

……然而，對現在的我而言，玲奈是敵人。

說是這麼說，我並不是想超越她或追上她，而是希望無論以怎樣的形式都好，有一天可以跟她在同一個舞台上一起演出。她是會讓我懷抱這種願望的最棒的敵人。

不過，玲奈大概根本不在乎我這個人吧。

◇◇◇

決定扮演茱麗葉後，我請演羅密歐的篤志協助，每天都很拚命練習。

為了在星蘭祭讓媽媽看到我賭上一切的茱麗葉。

話說，我也跟涼香和達也說了我曾經當過童星，還有接下來會再次當演員，結果他們就像平常一樣跟我說了：「很厲害嘛，小咲！」「加油啊，綾瀨！」

果然我的朋友都很溫柔啊……

我像這樣向他們兩人坦白關於自己的事情後，也反覆練習扮演茱麗葉。儘管太晚回家的話，有時媽媽會起疑，但我向她解釋這是為了準備文化祭，結果並沒有穿幫。

就這樣過了大約一個月，時間終於逼近到星蘭祭前一天。

「媽媽，妳要來參觀文化祭嗎？」

吃晚飯時我這麼詢問媽媽。這是我最後一次的文化祭，我想她應該不會不來參觀，但姑且還是得先問一下。

順帶一提，今晚爸爸也久違地一起吃晚餐。晚餐是我最愛吃的肉醬義大利麵。總覺得這種重要日子的晚餐，每次都是肉醬義大利麵。

「對喔，就是明天了呢……你們班要表演舞台劇對吧？」

「沒錯。雖然我是幕後工作人員啦。」我嘴上這麼說，其實會扮演茱麗葉就是了。

正當我這麼心想，媽媽回答了我的問題。

「……今年的文化祭我就不去了。」

「！為什麼！」

我不禁站了起來。我們班的確要推出舞台劇，但我並沒有告訴媽媽我會演出角色。

「今年是我高中最後一次文化祭耶，妳來參觀嘛。」

「妳都是高中生了，父母沒必要去參觀吧。」

「可是，前年和去年妳都有來不是嗎？」

「是沒錯啦……但我明天有點忙。」

絕對是騙人的……怎麼辦？媽媽不來的話，明天我演茱麗葉的意義就幾乎不存在了。這個角色有一半像是玲奈讓給我的耶……

「我應該會去吧。畢竟去年因為工作很忙，沒能去參觀。」

爸爸突然這麼說了。爸爸會來參觀，這讓我很高興，但……

「孩子的媽，我一個人去的話，感覺會在學校迷路，妳可以陪我一起去嗎？」

「老公……」

爸爸這番話讓媽媽露出為難的表情。

雖然搞不太懂，爸爸是在邀請媽媽去參觀文化祭嗎？

「假如孩子的媽不肯一起去，我這個快五字頭的大叔就要變成迷路的小孩啦。」

「這……還真是不想看到那樣的爸爸呢。」

爸爸的迷路宣言讓我露出苦笑。我可不想看到自己的父母迷路的模樣……於是媽媽傻眼似的嘆了口氣。

「我知道了，我也一起去。」

「可以嗎！媽媽！」

「嗯，畢竟要是爸爸在學校迷路，我也會很難為情嘛。」

媽媽的發言讓我暗自輕輕握拳叫好。

真是好險。計畫差點就要泡湯了。

「爸爸，謝謝你。」

我這麼道謝，於是爸爸笨拙地笑了。

總覺得……好像很久沒看到爸爸的笑容了。

總之，這樣就準備齊全了。剩下就是今晚跟明天早上也要磨練演技，等待正式上場。

媽媽，妳看著吧。明天我一定會用我的演技打動妳的心。

◇◇◇

然後來到了星蘭祭當天。早上我也把茱麗葉的演技澈底練習到細節的部分。距離正式上場還剩一小時，我本來是打算再多練習一下，但……

「為什麼我會在這種地方……」

我目前人在高一生推出的女僕咖啡廳裡。

「是因為妳連飯都不吃就打算直接上場表演吧？還是得吃一下飯啊。要是妳在正式表演時倒下，事情就麻煩了。」

「那我已經吃東西了啊。我想快點回去練習，其他三個人還不回來嗎？」

芽衣他們離開座位後已經過了大約十分鐘，卻一直沒有回來。

「聽說達也肚子痛，高橋去補妝，立花則說她要去做立花家祕傳的體操當飯後運動。」

三人同時離開座位，而且芽衣離開的理由也太神祕了……我有種不祥的預感。

「咲妳今天為什麼穿著連帽外套啊？」

「咦？這是……我想稍微轉換一下心情。」

我在女用襯衫外面穿著我特別喜歡的那件水藍色連帽外套。這麼一來，就算沒有玲奈那麼厲害，感覺演技好像也會稍微提升。就類似討個好兆頭吧。

而且在文化祭做這種打扮，教職員們也大多會睜一隻眼閉一隻眼。

「來了～～兩位客人，這是情侶專屬的情侶飲料～～」

這時做女僕打扮的女學生突然出現，把飲料放到我們的桌上。

不過那杯飲料附了有兩個吸口的吸管，就像女學生說的，感覺是給情侶兩人一起喝的飲料。

「等一下！我們沒有點這個耶！」

「這是本店的特別服務～～發現像是情侶的客人，就會看情況送上這杯飲料～～」

「該說是雞婆嗎？這純粹是給人添麻煩吧！」

「還有如果兩位客人沒有一起喝完這杯飲料，就會請兩位支付兩倍價錢～～」

「真的是給人添麻煩耶！」

……不過飲料的價格好像很便宜，乾脆就別喝了，直接付兩倍的錢比較好嗎？

「喔，這很好喝耶。」

我這麼心想，篤志卻悠哉地喝起了飲料。

「呃，你怎麼擅自喝起來啦？」

「不然很浪費吧？妳可以不用勉強自己喝，我會全部喝掉的。」

「哎呀，真有男子氣概呢～相較之下，女朋友還真是小心眼。只是一起喝杯飲料而已，何必斤斤計較呢。該不會是覺得難為情吧～？」

「我又不是他的女朋友。妳再繼續吵的話，我就要向你們班導客訴嘍。」

我瞪著女學生，於是她說了聲「請慢用～」便離開了。

……然後我含住了吸管。

「？妳不是不喝嗎？」

「沒差。我只是突然覺得不想為了這種飲料支付兩倍價錢。」

「……這樣啊。」

我跟篤志一起喝飲料。他的臉微微泛紅，我的臉大概也跟他一樣紅……我才不是覺得難為情呢。

「肚子總算不痛啦～」「補妝補到滿意了～」「我做完體操嘍。」

我們喝完飲料後，芽衣他們同時回來了。

這些傢伙一定知道這間店會端出那杯飲料吧……

◇◇◇

用完午餐後。我和芽衣他們分開，跟篤志兩人一起在最後稍微練習了一下，然後移動到表演舞台劇的體育館。目前是其他班在舞台上演戲，預定在他們表演結束後，就換我們班演出《羅密歐與茱麗葉》。

在開演前的這段時間，我跟篤志已經換上茱麗葉與羅密歐的戲服。看到我們的裝扮，芽衣他們說了讓人開心的感想，我跟篤志也對彼此的裝扮表達了感想，還去稍微鬧了似乎跟男同學很要好的玲奈，度過了這段時間——結果很快就逼近開演的時間。

「前面那班的表演差不多快結束了。我們加油吧，咲！」

「也是，一起加油吧。」

媽媽跟爸爸一定都有來觀賞。應該說，我剛才偷偷確認了一下，發現他們兩人並肩坐在相當前面的座位。如果是那個位置，應該能清楚看見我的表演。

我今天會演出人生中最棒的茱麗葉給他們看。

讓媽媽看到我作為演員也能有精彩表現的一面。

然後首先要讓媽媽認同我當演員！

「不妙！要倒下來了！」

忽然傳來一個男學生的聲音。我看向那邊，只見就擺在附近，大概有我身高四倍高的背景用建築物大道具正逐漸倒下。

而且是朝我所在的方向倒下。

「危險！」

篤志立刻這麼喊出聲，同時撲向我這邊。他是為了保護我。

——砰！背景用建築物發出這麼一聲巨響，倒落在地。

「咲！妳還好嗎！」

不過，託篤志的福，我並沒有被壓在大道具下面——然而……

「好痛……！」

我的腳竄過一陣劇痛。雖然很想站起來，但很困難。

我試著摸了一下，感覺腳踝那邊腫起來了……這可不妙。

「好像不太妙耶。」「是啊，感覺不太妙。」「怎……怎麼辦……」

芽衣他們一臉擔心地看著我。

「得立刻帶她去保健室！」

篤志也臉色蒼白，慌張不已。

「篤志，你冷靜點啦。這種程度根本不要緊。」

為了消除大家的不安，我試圖站起來。

這種程度要忍耐還不簡單——

「好痛！」

但我還是痛到無法站起來。

……我的腳在搞什麼啊？別因為這種程度的疼痛就哀哀叫啦。

「喂，妳別勉強自己啦！」

篤志露出一臉不安的表情。

「你很吵耶。要是我去了保健室，戲要怎麼演呀？」

「那只能交給其他人去演了吧！」

「怎麼可能交給別人演！你以為有多少句台詞啊！」

「這……這個……」

沒錯。除了我以外沒有人能演茱麗葉。

他以為有多少句台詞啊。沒有人能立刻記住那麼大量的台詞。

「有沒有人！有沒有人可以代替咲演茱麗葉的！」

儘管如此，篤志還是這麼詢問周遭的同班同學。然而女生們都移開視線不看篤志，沒有任何人回答。這是理所當然的，無論是誰都不想在舞台上丟臉吧。

「看吧，除了我之外，沒人能演茱麗葉。」

「可是妳的腳……」

篤志看向我的腳，這麼低喃。我可以充分明白他為何感到擔心。我的腳踝腫得相當嚴重……但腫起來的地方顏色並沒有特別奇怪，只是普通的扭傷。

雖然很痛，只能忍到表演結束了。

畢竟不能讓最後一次的星蘭祭搞砸，再說我也想演茱麗葉這種出色的女性！而且我必須讓媽媽看到我演出的最棒的茱麗葉！所以——

「我來演茱麗葉！」

突然有人舉起手……是玲奈。

如果是她，有試演的經驗，應該也能記住大量台詞……不，或許她早就把台詞都記在腦中了。她就是這樣的人。

「玲奈，妳……」

「可以的話，我也希望由咲來扮演茱麗葉，可是妳的腳傷無法上台演戲吧。」

玲奈露出看起來有些痛苦的表情。她一定是顧慮到我的心情吧。

我並沒有告訴玲奈關於媽媽的事……然而，她知道我很喜歡演戲，還有這樣的我純粹想扮演茱麗葉。

我很想反駁玲奈，但我知道她是顧慮到我才表示要演茱麗葉，所以無法回嘴。實際上我的腳已經因為劇痛而無法移動。

「……嗯，看來是無法。」

「既然這樣，就由我來扮演茱麗葉。妳也不希望把這齣戲搞砸吧。」

玲奈依舊帶著痛苦的表情這麼向我說道。

我……無法乖乖點頭。因為我是真的很想扮演茱麗葉這樣的女性，也想讓媽媽看到我竭盡全力的演出。

「沒問題的！我會連妳的份一起演出最棒的茱麗葉！」

於是玲奈走近我，堅定地這麼說了。她偶爾會看向我的腳，可以知道她非常擔心我。我從剛才就一直維持同一個姿勢，幾乎無法動彈的事已經穿幫了吧……不愧是玲奈啊。

「……我知道了。茱麗葉一角就讓給玲奈吧。」
「——！謝謝妳，咲！」
玲奈感到過意不去似的感謝我。我也實在太不走運了吧，居然挑可以在最後一次星蘭祭表演茱麗葉這麼出色的角色時，而且還是必須讓媽媽看到我的演技這種關鍵時刻，腳扭傷到無法走動的程度……
「不，說起來，試演會的結果本來就不公平，所以由玲奈扮演茱麗葉才是正確的。」
果然在試演會時做了像作弊一樣的事情是不行的啊。
畢竟我的演技完全敗給了玲奈，這是敗者得意忘形的懲罰。
「咲……」
「抱歉，我用了卑鄙的手段。」
「妳在說什麼呀！我完全沒放在心上！」
玲奈突然溫柔地抱住我。怎……怎麼啦？
正當我大吃一驚時，玲奈用只有我能聽見的音量說了：
「而且我說過那次試演並沒有錯吧。無論別人怎麼說，都是妳贏了喔。」
「才不是我贏吧。」
「我說是妳贏了就是妳贏了……不過，如果妳對那時試演的結果感到不滿，我們有機會再較量吧。」

玲奈這麼說完，露出平常那張開朗的笑容。

「我們總有一天要再一起演戲，較量誰的演技比較厲害。妳要當我的『勁敵』喔。」

最後這句話讓我驚訝到有一瞬間無法理解。

「『勁敵』……？」

「嗯，我身為演員，可是擅自把咲當成『勁敵』了喔！」

看到玲奈點頭肯定，讓我非常高興。我想應該沒有太深的含意，但「天才」表示「模範生」是勁敵，這件事實讓我純粹感到高興。

「玲奈……謝謝妳。」

我彷彿快哭出來，同時這麼道謝。

或許今天不行，但下次再加油吧。包括媽媽的事，所有事情都一樣。

「這樣對腳受傷的妳有點不好意思，不過帶妳到保健室後，希望妳可以在那裡把戲服跟我的運動服交換！這樣妳也能接受嗎？」

「好，我知道了。」

「還有阿久津同學，請你跟班上同學說先開始演戲。我想應該可以在輪到茱麗葉上場前換好戲服。」

「我……我知道了。好！你們開始準備吧！」
篤志按照玲奈的指示行動，玲奈則揹著我前往保健室。
就這樣，我的《羅密歐與茱麗葉》連一句台詞都沒說到便結束了。

◇◇◇

我被送到保健室後，正好除了保健室老師以外沒有其他人在，所以我立刻跟玲奈交換了衣服。之後保健室老師幫我冰敷並包紮，疼痛就減輕了不少，不過也沒辦法一直動來動去並演戲就是了。保健室老師問我：「為了保險起見，要不要請妳父母來接妳去看醫生？」但我拒絕了。畢竟要是那麼做，我原本要演茱麗葉的事就會穿幫了。
後來待在音效組那邊的班導聽班上同學說了這件事後，連忙跑來關心。不過我表示不用擔心我，請老師先回去，讓班導回到舞台那邊。
「不知道現在演到哪裡了。」
然後我現在躺在保健室的床上。我有一點……無法鼓起勇氣去看表演，因為我一定會羨慕。而且就算去看表演，說不定也會被待在觀眾席的爸媽得知我受傷的事。
順帶一提，我現在上半身穿著體育課會穿的學校指定上衣與水藍色連帽外套，下半身同樣穿著學校指定的運動褲。

上衣和運動褲是跟玲奈借的，連帽外套則是本來就放在舞台後方，在來這裡時一起帶了過來。室內不知是否為了防止中暑，冷氣開得很強，感覺有點冷，所以我穿上了連帽外套。

校內似乎有人受傷，而且相當嚴重，傷患的同班同學跑來找保健室老師，因此老師前往現場察看情況。簡單來說，現在保健室裡只有我一個人。

到保健室後已經過了挺長一段時間，《羅密歐與茱麗葉》應該已經演到後半了。看到玲奈的演技，觀眾們一定會嚇一跳吧。

「……我也好想演茱麗葉。」

我不禁吐出真心話。不行啊，這次沒有我上場的機會……乖乖睡覺吧。

「痛死啦！」

我才這麼心想，隨後就有人伴隨著大叫聲進了保健室。

到底搞什麼啊……

「呃，這不是篤志嗎！你在做什麼啊？」

我看了過去，只見穿著學校指定的上衣和運動褲的篤志就在那裡。

他稍微拖著腳在走路。

「我出了一點包，在演到一半時沒辦法繼續演羅密歐了。」

「咦咦！那現在羅密歐怎麼辦？」

「是一個叫桐谷的傢伙在演，聽說他好像記得所有台詞。」

「這……這樣嗎……」

然後我從篤志口中聽說了內情，他似乎是在大道具倒下要保護我的時候，跟我一樣不小心扭傷了。因為本來沒有很痛，他硬撐著上台表演，但疼痛越來越劇烈，據說到故事尾聲時已經惡化到無法忍耐的程度。

因此他把羅密歐一角交棒給那個叫桐谷？的人，來到保健室。

他會獨自前來，似乎是因為不想在劇演得正精彩時給班上同學添麻煩。

他還真亂來耶……

「好啦，這樣就沒問題了。」

之後因為保健室老師不在，我代替老師幫篤志處理了傷勢。

雖說我也扭傷，還是能幫忙處理一下傷勢，不過沒辦法幫忙包紮就是了。

「明明妳也受傷了……謝謝妳啊。」

「是我害你受傷的，不用道謝啦。那個……對不起。」

「是大道具自己倒下來的，不是妳的錯，也不是任何人的錯。」

然後我們彼此都想聊一下，於是在同一張床上並肩坐著。

「……我們到底在做什麼呢。」

「是啊。兩個主角居然都弄傷了腳。」

「而且都是扭傷呢。」

「真的很遜啊。」

篤志露出苦笑。再加上這兩人還是青梅竹馬，這點也是遜到不行。

「……那個，妳不要緊嗎？在各方面。」

篤志有些難以啟齒似的這麼問我。各方面啊……

「雖然今天很遺憾，我會再想辦法說服媽媽的。」

聽到我這麼說，篤志只是低喃了一聲：「……這樣啊。」

然後我們暫時陷入沉默……好像因為我，讓氣氛變尷尬了。

——正當我這麼心想，篤志忽然出聲說道：

「對了！我想到一個超棒的點子嘍！」

「你突然是怎麼啦。我倒是有超不祥的預感耶……」

篤志面帶笑容，我則是應該露出了不安的表情。

「咲！在這裡演我們的《羅密歐與茱麗葉》吧！」

「你說我們的……就我跟你兩個人嗎？」

「對啊。一直在保健室裡發呆也很無聊吧？」

「……的確是這樣沒錯啦。」

但在保健室裡擅自那麼做，要是有人來該怎麼辦啊……

「話說我們能站嗎？我們都扭傷了不是嗎？」

「妳就坐著演吧。我的話如果只是演一個場面，稍微動一下也不打緊。來演最著名的場面吧！就我們兩人！」

篤志露出雀躍的表情這麼提議。跟他一起長大的我可以明白，他大概是想讓我開心。為了不讓結果還是沒能演茱麗葉的青梅竹馬感到悲傷，為了不讓最後一次的星蘭祭變成悲傷的回憶。

——我從床上站起身。

「咦？妳在做什麼？」

「包紮挺有效的，如果只是演一個場面，我也沒問題。我們兩人一起在最後創造最棒的回憶吧。」

我這番話讓篤志驚訝地睜大了眼。然後他露出笑容——

「說得也是！來創造最棒的回憶吧！」

之後我跟篤志彼此不約而同地找了個位置站好。

要是有人進來看到，實在會很難為情，而且感覺會挨罵……只能祈禱沒有人會跑來了。

「好啦，從羅密歐的台詞開始。你要帥氣地講出台詞喔。」

「那當然了！我都跟妳一起練習了那麼多次，包在我身上！」

篤志充滿自信地這麼宣言。畢竟他一直陪我練習嘛。如果是這樣的他，應該沒問題吧。

然後——篤志開始他的表演。

「噢，請妳再說下去吧，光明的天使啊！妳的身影在深沉的黑夜中閃耀發亮！」

篤志面帶笑容，很開心似的表演。他講台詞的方式和整體演技都可圈可點……但這裡可不是會露出那種表情的場面啊。

——不過，我非常懂他的心情。

我也是光看著他的表演，就不可思議地開心起來。

在星蘭祭正熱烈的時候，當大家在校內四處漫步、跟朋友聊天、觀賞其他人推出的節目時，我們兩人到底在做什麼啊！

「妳是乘著緩緩移動的白雲，悠然越過穹蒼的天使！」

篤志說完台詞後，用視線暗示「輪到妳嘍」。

我知道啦。沒能上台表演的份，我要在這裡發揮出來，讓篤志一個人見識到我最棒的演技！

「噢，羅密歐！羅密歐！為什麼你是羅密歐呢？」

我只為了僅僅一人扮演著茱麗葉。

這樣的我大概也是面帶笑容在表演。明明打算讓他看到我最棒的演技，這樣完全不行呢……但是好開心！非常開心！

搞不好是我至今的表演中最開心的一次！

在我表演的期間，篤志一直看著我。我好高興。

更專注地看吧，看我表演的模樣，看我在做自己喜歡的事情時的模樣。即使觀眾只有你，也希望你能看著我。因為你是我的——

「如此一來，我也會就此捨棄凱普萊特家！」

說完台詞的瞬間，可以聽見加速的心跳聲。

明明心臟的跳動聲這麼響亮，但我實在演得太入迷，完全沒發現。

這段時間就是開心到讓我甚至沒有發現這些事！

「……好漂亮。」

篤志觀賞完我的表演後，脫口說出了這句話。

「我演的茱麗葉有那麼漂亮嗎？」

「是啊。超漂亮喔。」

「這樣啊！那太好了！」

我十分開心，不禁又笑了出來。

即使是我這樣的演技，是否也稍微打動了篤志的心呢——我這麼心想。

這樣的我還是無藥可救地喜歡演戲，從我決定要再次當演員的那天開始，就慢慢產生想追逐夢想的念頭。

所以——

「我啊，有一天一定要以成為大明星為目標！」

儘管我還沒有勇氣追夢，如果像今天一樣一直做喜歡的事，一定能再次鼓起勇氣追夢。

我有這樣的感覺。

「好！到時我也會盡全力支持妳的夢想！」

我的宣言讓篤志有一瞬間感到驚訝，結果還是像平常一樣替我加油。

但隨後篤志突然喃喃自語了些什麼。

「這樣啊。這就是我的……」

然而因為聲音太小，我沒能聽清楚。他說了什麼呢？

……不過算啦，更重要的是我有些話必須告訴他。

「篤志，謝謝你！我演得很開心！」

我這麼感謝篤志，於是他像被攻其不備地愣住了。

但他立刻轉變成很高興的表情。

「我也非常開心喔！變成了最棒的回憶！」

「我也是！託你的福，真的變成最棒的回憶了！」

我們兩人一起笑了起來。感覺很久沒像這樣與青梅竹馬一起打從心底露出笑容了。

因為至今真的發生了很多事……但是，我已經不會再迷惘或煩惱了。

我很喜歡演戲。只要明白這點，我就一定沒問題的！

之後芽衣他們結束了《羅密歐與茱麗葉》的公演，來到保健室。

大家都一臉擔心的樣子，芽衣甚至哭了出來，所以我告訴她不要緊，讓她放心。

順帶一提，關於《羅密歐與茱麗葉》，玲奈似乎在最後做了很誇張的事情，就是改變故事結局。我心想她可是代替我上場的，究竟在做什麼啊？但同時也覺得這很像玲奈的作風。

畢竟她以前說過她無論何時都想做快樂的事情嘛。

玲奈她……今天應該不會過來這裡。因為她大概可以預料到芽衣他們會過來，而不想打擾我們。

玲奈平常會積極採取攻勢，但重要時刻一定會顧慮到對方。

而為了扭傷腳無法四處走動的我跟篤志，芽衣他們一直陪伴我們到星蘭祭結束。雖然覺得對他們很過意不去，我們五個人就這樣一起天南地北地聊著。於是，我最後一次的星蘭祭結束了。

雖然發生了很麻煩的意外……這是三年來讓我印象最深刻的星蘭祭！

然而就在這時，我的手機收到了一則訊息——是媽媽傳來的。

『我有話要跟妳說。妳知道我要說什麼事吧？』

◇◇◇

「咲，妳解釋一下這是怎麼回事。」

星蘭祭結束，回到家後，我們在客廳開起了家庭會議。

這種時候通常都只有我跟媽媽，但這次爸爸也有參加。

「我聽班導說了，妳本來預定要演茱麗葉？」

媽媽用至今最銳利的眼神瞪著我……看來她非常抓狂啊。

媽媽得知我扮演茱麗葉的經過是這樣的。

《羅密歐與茱麗葉》的公演結束後，媽媽他們為了不妨礙我最後的星蘭祭，立刻就回家了，但過沒多久似乎就接到班導打到家裡的電話。

電話內容是對我受傷這件事賠罪。不過因為是輕微扭傷，沒有大礙。似乎是在說明這些事情時，順便暴露了我原本預定扮演茱麗葉。

我一直有些不安……結果還是沒辦法隱瞞到底呢。

「妳快點解釋清楚。」

媽媽瞪著我並這麼催促。果然很可怕……但我也不能一直畏畏縮縮。既然事情已經穿幫，我只能在這裡說服媽媽了。

「媽媽，我要再挑戰當演員。老實說我還提不起勇氣突然就去參加試鏡，但我打算一開始先從無償表演之類做起……然後我希望有一天可以再次將演戲變成工作。」

「——！妳在說什麼！那種事絕對不行！」

「就算媽媽這麼說也沒用。我發現我還是很喜歡演戲，所以我要當演員。」

為了把自己的心情好好傳達給媽媽，我誠懇地說出原因。

——然而媽媽用雙手用力拍了一下桌子。

「我就說不行了！妳只要照媽媽說的去做就好！妳今後要考上好大學，找一份好工作！能跟喜歡的人相愛的話就跟他結婚，跟那個人生小孩也無妨！我這麼說都是為了妳的幸福！妳要了解！」

讓情緒爆發出來的媽媽激動地這麼主張。我說不定是有生以來第一次看到冷靜的媽媽變成這樣。看到媽媽這麼氣憤，讓我非常害怕。

……但現在的我不會因為這樣就屈服。

「不，我要當演員。」

我斬釘截鐵地搖了頭。

這讓媽媽露出大吃一驚的表情，然後她再次用力拍了一下桌子。

「我不管妳了！我要跟妳斷絕母女關係，直到妳乖乖照我說的去做！」

媽媽這麼放話後，氣勢洶洶地離開了客廳。

隨後，傳來她爬上二樓的響亮腳步聲。我想媽媽大概是去她跟爸爸的寢室了。

「媽媽還是發飆了啊……」

不過我也非常明白媽媽的心情。如果孩子當演員好幾年都完全沒有成果，卻還是說想再演戲，身為父母當然會抓狂了。

看來果然會變成長期戰呢。豈止如此，說不定會一輩子被斷絕母女關係。

「咲，可以借用一點時間嗎？」

爸爸忽然對我這麼說了。對喔，不小心把爸爸排擠在外了……

「對不起。怎麼了嗎，爸爸？」

「其實，我有件事必須告訴妳。」

這時——爸爸露出了前所未見的認真表情。

「妳知道媽媽為什麼不想讓妳當演員嗎？」

我跟爸爸兩人談話，結果他突然就拋出這樣的問題。

「因為我沒有作為演員該有的天分和實力，也沒有拿出任何成果……」

我這麼回答，於是爸爸溫柔地搖了頭。

「不是那樣，是有其他理由。然後，我有些東西想讓妳看一下。」

爸爸這麼說並準備好的東西是有些年代的光碟片。

上面寫著《灰姑娘》。這是舞台劇對吧……？

我抱著疑問，跟爸爸一起坐在電視前的沙發上。接著爸爸把光碟片放入錄放影機播放。

螢幕上顯現出舞台，扮演灰姑娘的女性一個人站在舞台上——女性開始表演了。

她身上穿的並非漂亮的禮服，而是十分寒酸的服裝。

但她抬頭挺胸說出跟裝扮一點都不搭的台詞。

我知道這是在演戲。我知道無論是服裝或台詞，都是被準備好的東西。

明明如此，我卻——

『沒有人可以阻止我懷抱夢想。』

被她這句話吸引，內心深受感動。

這時我察覺到一件事。她該不會是——！

「她是媽媽喔。」

「咦！這是怎麼回事？」

我大吃一驚，立刻這麼詢問爸爸。

「媽媽也跟妳一樣當過演員，以成為一流演員為目標。」

這讓我大受震撼。沒想到媽媽居然也當過演員……但我可以理解，因為我當童星走紅時，除了沙織女士，媽媽也會稍微指導我演戲，還有教我該怎麼做比較容易獲得工作。如果有踏入這個圈子的經驗，演戲就不用說了，具備各種關於工作的知識也不奇怪。

然後爸爸告訴我關於媽媽的事。

媽媽從小就很喜歡演戲，一直夢想成為一流的演員。

……但現實並沒有那麼簡單，媽媽從國中開始就一直積極參加經紀公司、連續劇和電影的試鏡活動，卻一次也沒被選上。

不過變成大學生後，媽媽總算成功加入了業餘的劇團。爸爸也是那個劇團裡的人，兩人似乎就是在那裡相遇的。

就這樣，媽媽加入了劇團，但結果還是都在擔任幕後工作人員或扮演路人角。

「儘管如此，媽媽還是很努力。她一直不斷努力、拚命努力，結果崩潰了。」

為了有一天可以成為一流演員，媽媽日積月累地努力著。

結果媽媽心力交瘁，最後離開劇團，也放棄當演員。

之後媽媽似乎因為原本就很聰明，到大企業就職，被朋友硬是帶去參加同學會時與爸爸重逢，接著交往，然後結婚。

也就是說媽媽放棄當演員，獲得了她常掛在嘴邊的幸福。

「原……原來是這樣嗎……」

我以前都不曉得，媽媽居然有一段人生經歷跟我十分相似。

「……咦？那樣的話，這是怎麼回事？」

我指著電視。螢幕上播放著扮演灰姑娘的媽媽的身影。

這一定是那個劇團拍下來當作紀錄的影片吧。

照理說總是擔任幕後工作人員或扮演路人角的媽媽，為什麼會演灰姑娘呢？

「這個是因為曾經有奇蹟發生。」

爸爸這麼說道，繼續說了下去。

這一天因為扮演灰姑娘的劇團成員突然身體不適，無法上台演戲，而且原本準備的一名替補演員也在一天前發高燒，請假休息了。

其他劇團成員別說是演灰姑娘，就連一句台詞也不記得。

如果沒有人能演灰姑娘，就只能取消公演。就在差點變成這種狀況時，媽媽自告奮勇扮演灰姑娘。

大家都很驚訝，不過當時就知道媽媽有多努力的爸爸似乎並不吃驚。

因為媽媽為了能掌握住任何一絲機會，把《灰姑娘》裡感覺女性能扮演的角色的演技與台詞都事先全部記起來了。真……真厲害耶……

就這樣，媽媽被選為灰姑娘，演到最後……但就只是這樣而已。果然演員的世界沒那麼簡單，之後媽媽似乎一次也沒擔綱過重要角色。

「就算這樣，爸爸還是打從心底尊敬媽媽喔，因為她賭上性命在做自己喜歡的事情。當然我現在也一直很尊敬她。」

我從這麼說的爸爸身上感受到了愛……我心想這真的很美好。

「不過，原來是這樣啊。媽媽是在我身上看到以前的自己，所以很擔心我。」

「是啊。所以請妳千萬不要討厭媽媽。」

「我怎麼可能會討厭媽媽呢？我反倒很感謝媽媽。」

我在童星時代演出許多連續劇和電影時，媽媽總是會到現場陪伴我；現在則是想要保護我，怕我吃到跟以前的她一樣的苦頭。

——可是，這時我發現了一點矛盾。媽媽曾經幫我報名了童星甄選活動吧……？聽到剛才那些故事，總覺得這樣有點奇怪……

「爸爸，我小時候幫我報名童星甄選的是媽媽嗎？」

我這麼詢問的瞬間，爸爸露出有些尷尬的表情。然後他開口回答：

「開口說要幫妳報名童星甄選的人是我。」

爸爸有些難以啟齒地坦承這件事，讓我大吃一驚。的確，很難想像作為演員經歷過挫折的媽媽會主動幫我報名童星甄選。

但我原本以為如果不是媽媽報的名，應該就是哪個親戚擅自幫我報名的。

畢竟爸爸感覺不像會讓小孩特別去做什麼。

「真的嗎？」我這麼詢問，於是爸爸輕輕點了頭。

「一開始媽媽也提不起勁，但我懇求說只要這麼一次就好，請她幫妳報名了童星甄選。因為我覺得書面審查之類的由媽媽來寫並報名，應該比較容易被選上。」

爸爸有些內疚似的這麼說明。想不到爸爸做了挺強硬的事呢。

「對不起喔，咲。我原本打算說完關於媽媽的事情後，也告訴妳這件事的。」

爸爸一臉過意不去地這麼表示，接著說：

「還有妳向我表明要放棄當演員時，我的反應很冷淡，抱歉。一想到是因為我推薦媽媽幫妳報名童星甄選才害妳遇到這麼辛酸的事，我就不知道該說些什麼才好……」

爸爸說完，垂下視線……原來是這樣。爸爸一直很在意他讓我參加了童星甄選。

「不要緊的，爸爸。更重要的是為什麼你不惜做到這種地步，也想讓我當童星呢？」

我這麼詢問，於是爸爸回答了我，還告訴我其他關於媽媽的事。

然後聽完所有事情後——我不禁哭了出來。

◇◇◇

「媽媽，可以打擾一下嗎？」

聽完爸爸說明之後，我來到媽媽在的寢室前。媽媽沒有回應……但我打開房門，走進房間。媽媽坐在椅子上低著頭。

「我沒說妳可以進來……」

「但也沒說我不能進來吧？」

我這句話讓媽媽不滿地瞪向我。她的心情果然完全沒有好轉。

「爸爸告訴我所有關於媽媽以前的事情了。」

「——！是……是嗎……」

我這麼告訴媽媽，於是她有一瞬間露出大吃一驚的反應。

「既然這樣，妳應該明白吧？妳也想變得像以前的我那樣嗎？」

「……這個嘛，如果一直當演員，說不定會變成那樣啊。」

「那樣當然不行吧！妳一定會後悔！唉，算我求妳，妳不要再以什麼演員為目標了！」

「我不會後悔的。而且媽媽也沒有後悔吧？」

「妳在說什麼？我只有後悔而已，覺得要是自己沒當什麼演員就好了。」

「妳騙人。因為我知道的。我知道媽媽平常說有事外出時，其實都是去了哪裡。」

從我小時候到現在，媽媽經常會說有事要出門一趟。

我一直不知道媽媽究竟是去哪裡，但剛才我總算知道了。

「媽媽是去劇場觀賞舞台劇了吧？」

「——！妳怎麼會知道……？」

「這也是我聽爸爸說的。他說媽媽現在也還是很喜歡演員這樣的存在和戲劇。」

順帶一提，這也是我國中時，媽媽會發現我去參加試鏡的原因。

因為舉辦試鏡的大樓隔壁有一座劇場。

「如果妳真的後悔當過演員，就不會去什麼劇場了吧？」

「……我不知道妳在說什麼。」

「而且我還是童星時，媽媽也教了我很多東西，像是演戲和關於工作的事吧？這是因為媽媽並不後悔作為演員走過的人生，才會這麼做的吧？」

「我都說我不知道妳在說什麼了！」

我這番話讓媽媽氣得發出顫抖的聲音。

然後……媽媽為了讓自己冷靜下來，這麼說了：

「一開始，因為妳演戲時看起來非常快樂，我心想妳果然是我的女兒，覺得讓妳當演員實在太好了。所以我才想把我知道的一切都教給妳，為了讓妳能更快樂地演戲。」

但是，知道我沒有作為演員的天分和實力，工作漸漸減少，我的表情也一天比一天苦悶，媽媽就開始懷疑讓我當演員真的好嗎。

然後在我剛升上國中時，媽媽要我放棄當演員。

「我實在看不下去了。看到自己的女兒吃苦就會想到以前的自己，我實在無法忍受。」

或許是回想起當時的事情，媽媽浮現出悲痛的表情。

……媽媽果然一直都在擔心我。

「所以，咲，不管幾次我都會說，妳還是放棄當演員，去上大學、工作、結婚、生小孩──我希望妳可以像這樣正確地活著。」

媽媽懇求似的告訴我。老實說，我沒想到冷靜的媽媽會像這樣拜託我，所以我的心情有一點受到動搖。

──但是，我已經下定決心了。

「媽媽，我也是不管幾次都會這麼說。我絕對會再次挑戰當演員，而且一直當演員的話，有一天一定會想把演戲變成工作。」

「為什麼？我是為了妳的幸福著想，才一直苦口婆心地這麼勸妳啊。」

「嗯，我知道……可是，媽媽所想的幸福不是我的幸福。」

的確，如果是像媽媽說的那種人生，或許這世上大半的人會認為那就算是度過了幸福的人生。

但至少我並不是那樣。對我而言，幸福的人生不是考上好大學，不是到一間好公司工作，也不是結婚生子。

對我而言的幸福是——

「做自己最喜歡的事，當演員表演一輩子——這就是對我而言的幸福。」

我毫不猶豫地這麼斷言，於是媽媽有一瞬間啞口無言。

……但是，媽媽還不肯認同。

「既然這樣，妳一邊工作一邊把演戲當興趣不就好了？這世上也有為了這種人存在的劇團。」

「是啊。以前的我會覺得把演戲當興趣就好的話，就辭掉演員的工作，但現在的我覺得無論是以怎樣的形式，只要能持續做自己喜歡的事就好。」

「既……既然這樣——」

「可是，我還不能決定那麼做。因為我有夢想。」

「夢想……？」

媽媽一臉不解地低喃。是啊，我有個想要實現的夢想。

從小時候就一直沒變，無論如何都想實現的夢想。

那就是——

「只要看過一眼我的演技，無論是誰都會迷戀上我——我想成為這樣的大明星！」

我有生以來第一次把自己的夢想告訴了媽媽。

聽到這番話的媽媽驚訝地睜大了眼，然後像要否定我似的搖了頭。

「假如沒能當上大明星，妳要怎麼辦？妳絕對會變得不幸。」

「我才不會變得不幸。因為就算沒能當上大明星，也是到時再說就好啦。就像我剛才跟媽媽說的一樣，我只管換個形式繼續做自己喜歡的事情。無論會迎接怎樣的結局，我都只會獲得幸福。正因如此，我有一天要盡全力去追逐夢想！」

我充滿自信地這麼主張，於是媽媽驚訝地愣住了。

以前的媽媽一定跟以前的我一模一樣吧。覺得既然夢想破滅了，就只能停止做喜歡的事，只能浮現這樣的想法。

……可是，全世界最支持我的粉絲，同時也是很重要的朋友告訴了我一件事。

就算沒有夢想，也可以繼續做自己喜歡的事。
於是——媽媽的嘴角微微上揚了。
「真是個傻孩子，跟我一個樣呢。」
「這是最棒的讚美了。」
我這麼說道，跟媽媽一樣露出笑容。
「媽媽，妳知道為什麼我會想成為大明星嗎？」
「我不知道啊。再說大明星這個說法也很含糊呢。」
媽媽這句話讓我心想：確實如此。
然後我向媽媽揭露我想成為人明星的理由。
「我是因為看到媽媽演的灰姑娘，才想成為大明星喔。」
爸爸說我剛懂事的時候，他因為怕被媽媽罵，在自己的工作室偷偷觀賞媽媽扮演灰姑娘的《灰姑娘》時，我不知何時跑進了房間，很入迷地看著媽媽的表演。然後《灰姑娘》一演完，我就一直拜託爸爸重播，反覆看了好幾次媽媽演的灰姑娘。然後我在最後這麼說了——
——我也好想變成這樣喔。

爸爸就是聽到我這句話，才下定決心要讓我參加童星甄選。

「媽媽演的灰姑娘對我來說比任何女性都還漂亮，是讓我在一瞬間就迷上的出色女性，而且還帶給我夢想喔。」

「我帶給妳……夢想？」

媽媽感到半信半疑，於是我堅定地點了頭。

「沒錯！託媽媽的福，我才能懷抱夢想！媽媽的灰姑娘感動了我！」

我露出最燦爛的笑容這麼回答！

為了把滿滿的感謝傳達給媽媽！

「……是嗎？這樣啊，我奉獻給演戲的時間並沒有白費呢。」

媽媽用快哭出來的聲音這麼低喃。我非常能夠理解媽媽現在的心情。

因為媽媽也跟我一樣是「模範生」。

我可以明白自己的演技能感動某人時會有多高興，即使那只有一個人。老實說，真的會高興到覺得死而無憾。

因為依櫻告訴我她被我的演技感動時，我就是這麼高興。

只有這種心情是「天才」絕對無法感受到，專屬於「模範生」的東西。

「所以，媽媽，我會再次挑戰當演員，一定也會再去追逐夢想吧……還請妳原諒我。我或許是個不孝的女兒，但希望有一天我的表演也能讓某人感受到我看到媽媽扮演的灰姑娘時感受到的心情！」

我低下頭懇求媽媽。我已經把自己的心情全部說出來了，如果這樣還是不行……只能從明天開始繼續不斷地把我的心情告訴媽媽了。

畢竟我還無法因為這樣就放棄夢想。

正當我這麼心想，媽媽就從附近的桌子抽屜裡拿出了某樣東西。

「這個拿去用吧。」媽媽交給我的東西是存摺。我翻開一看，只見上面寫著我的名字，裡面還有數字驚人的存款。

「這……這是什麼啊？」

「這是妳童星時代的收入。」

「妳說童星時代的收入，可是那些錢都拿去付演技指導的學費了，應該沒剩多少……」

「哪有人會用小孩子的錢啊。演技指導的學費我另外幫妳付了，妳的錢都有先存下來。妳國中時好像因為怕被我發現而擅自付了學費，那些錢我也幫妳先補回去了。」

國中時我接了幾個電視節目的小工作，我便拜託友香從進帳的薪水幫我扣掉演技指導的學費。

所以即使接受沙織女士的演技指導，也沒有因為金錢方面的問題被媽媽發現。

「不……不會吧……我不能拿這麼多錢。」

「沒關係，說起來這些錢也是妳的啊。」

「是……是沒錯啦……」

「為了有一天可以實現夢想，拿去用吧。」

媽媽突然這麼說了。我看向媽媽，只見她露出下定了某種決心的模樣。

「真的可以嗎……？」

「嗯，相對地，妳可別勉強自己。要是受挫了，隨時都來媽媽懷裡哭吧。」

媽媽用冷靜的表情說著這樣的話，我不禁笑了出來。

「我才不會做那種事呢……可是，謝謝媽媽。」

「今後要好好加油喔，咲。」

「……嗯，我會加油的。」

媽媽最後這句話讓我不禁快哭出來，但我忍住了。

要是因為這樣就哭，可是無法成為大明星的。

畢竟我接下來又要踏上艱苦的道路。

儘管如此，無論將來會發生怎樣的事，無論會有多麼辛酸的體驗，我都絕對不會變得不幸。

因為我已經決定今後要一直「活著」了！

◇◇◇

從媽媽認同我要當大明星這個夢想開始，經過了大約一個月。

這段期間，我照我跟媽媽說的那樣參加無償演出，到小劇場在孩子們面前展現演技。

為了能再次以大明星為目標，我就像這樣慢慢持續做著自己最喜歡的事情。

然後學校開始放暑假，我跟篤志一起來到離家最近的車站附近的海濱公園。我有話想跟他兩人獨處時說，所以是我開口約他的。

「咦，妳要說什麼啊？」

正當我沐浴著溫和的海風時，在我身旁的篤志這麼問了。

「我明年會去讀離家比較遠的大學。」

篤志驚訝地看著我，但我繼續說下去。

「在遠一點的地方有一間名武大學，有非常著名的話劇社。明年我會報考那間大學。」

這是沙織女士得知我會繼續演戲後打電話告訴我的消息。

那個話劇社的顧問是被稱為日本第一的女性劇場導演，聽說她不接連續劇或電影的工作，只是一心一意地指導學生。那位劇場導演的指導相當嚴格，但相對地似乎會給演技帶來革命性的變化。

因為大學的偏差值並沒有多高，就我的學力來說完全沒問題。

「妳要去那麼嚴格的地方……那個，不要緊嗎？」

「我很感興趣。因為我覺得就算有一天要以大明星為目標，一直做跟以前一樣的事也是行不通的。」

而且現在的我在實現成為大明星這個夢想前，還有一個小小的目標。

為了達成這個目標，我也想去名武大學。

「所以，上了那間大學後，我就要離開家了。」

「……這樣啊。」

「對啊。這樣就會跟你這個青梅竹馬分隔兩地，我想說先告訴你一聲，所以今天才會約你出來。」

坦白說，會覺得寂寞……但這也沒辦法。縱然是青梅竹馬，有一天也是會分道揚鑣，只是明年就會碰到那種情況而已。我明明這麼以為——

「我決定了！我要跟妳上同一間大學！」

「啥？你是笨蛋嗎！我去那間大學是為了有一天要實現夢想。是說，你籃球隊的推薦呢？我聽說就像國中時那樣，有很多大學想邀你耶。」

「那些推薦我原本就不打算接受，而且我是因為想要跟妳在一起，才要跟妳上同一間大學。」

篤志毫不害臊，光明正大地這麼主張了。居……居然說是因為想跟我在一起……

「星蘭祭那天，我在保健室跟妳一起演羅茱時，我察覺到了。不，與其說察覺到，應該說我回想起來了。」

篤志開心似的說道。看到這樣的他，不知為何，我心想自己懷抱著夢想時應該也是露出這樣的表情吧。然後——他這麼告訴我了：

「我喜歡到能賭上自己的一切的事情，就是支持妳的夢想。」

這時的篤志看起來非常帥氣，讓我不禁心跳加速。

與此同時，我心想：像他這樣想成為某人支柱的生活方式，也是所謂的「活著」。

「所以為了支持妳的夢想，我會跟妳上同一間大學。」

篤志再次把他的想法化為言語，我的內心自然地溫暖起來……我放心了。

「該不會我這樣很噁心吧……？」

另一方面，或許是說到這邊才感到畏縮，篤志一臉不安地這麼詢問。真是個窩囊的青梅竹馬耶。

「不會，你超帥氣的喔。」

「——！那……那就好……」

篤志漲紅了臉，小聲說道。

看到這樣的他，以往的心情不可思議地緩緩滿溢而出。

我並不是刻意這麼做，而是真的很自然地脫口說出了這句話。

「我喜歡你。」

我說出這句話時，不知該說運氣好或不好，周遭的聲音都消失得乾乾淨淨。

無論是風聲、汽車引擎聲、樹木的沙沙聲或是人們的說話聲。

所以我想篤志應該聽得一清二楚。

「妳說喜歡……是朋友的喜歡嗎？」

「我跟你很早以前就一直是青梅竹馬兼朋友了吧。我是把你當成異性喜歡喔。」

「……這……這樣啊。」

篤志只說了這麼一句就移開視線，不肯直視我。

……但他的臉越來越紅了。

「欸，那你是怎麼想的呢？」

「咦，怎麼想是指……」

「我在問你對我有什麼想法。」

我這麼質問，於是篤志不知為何笑了出來，而且還是哈哈大笑。

「你在笑什麼啊？」

「呃，因為妳應該早就發現了吧。」

篤志總算停止大笑，然後直視我的雙眼，把想法化為言語。

「我從第一次見到妳，就一直喜歡妳喔。」

光明正大的告白。感覺跟我恰好相反，真讓人不爽。

……但我非常開心。

「你說第一次見面，那時的我們還坐在嬰兒推車裡吧。」

「是沒錯啦，但我已經不記得什麼時候開始喜歡妳了。等我察覺時……不，是從我察覺到之前，我就已經喜歡上妳了。」

「什麼從察覺到之前……你說話還真是亂七八糟耶。」

我的臉也越來越燙了……真是的，他也說太多次喜歡了吧。

「可是，怎麼說呢，我原本是因為想幫助陷入痛苦的妳，才從國中開始努力想成為強大的男人……不過也多虧這樣，總算讓妳轉頭注意到我了。」

「強大的男人……？」

「對啊。妳喜歡的類型是會可靠地帶領妳前進的強大男人吧？」

強大的男人……啊，這麼說來，我小時候說過這樣的話呢……

「那是騙人的。」

「——！真的假的？」

篤志驚訝地這麼詢問，我點了頭表示肯定。

於是篤志很沮喪般低下頭。

「……妳為什麼要說這種謊啊？」

「那還用說嗎？當然是因為我不想被你發現我喜歡你啊。」

「……？什麼意思？」

還沒察覺含意的篤志讓我傻眼地嘆了口氣。

「我也是從第一次見到你，就一直喜歡你喔。」

聽到我這句話過了幾秒，篤志僵住了。

簡直就像化石一樣……

正當我這麼心想時，他或許是總算理解了，困惑地開口說道：

「真……真的假的？也就是說，妳一直都喜歡我——！」

——我奪走了篤志的嘴唇。

我移開嘴唇後，只見篤志露出摸不著頭腦的表情。

畢竟這也沒辦法啊。我突然就很想這麼做嘛。

然而看到一臉困惑的他，讓我覺得非常有趣，覺得他非常惹人憐愛。

所以我對他露出最燦爛的可愛笑容，這麼告訴他：

「果然你還是太嫩了呢。」

幕間

『噢！羅密歐！羅密歐！為什麼你是羅密歐呢？』

地點是保健室前面。我——乙葉依櫻在觀賞小咲演戲。

與其說觀賞，事實上就是從門縫偷看啦。

其實我被小咲邀請來參加她就讀的星蘭高中的文化祭——也就是星蘭祭。

我也聽說了小咲他們班會推出舞台劇，要表演的是《羅密歐與茱麗葉》，還有小咲會扮演茱麗葉。所以我按照小咲他們班的公演時間去了體育館，但在舞台上登場的茱麗葉並不是小咲。

這時我就覺得不對勁了，但我想或許小咲會以茱麗葉以外的角色登場，就暫時繼續觀賞了舞台劇……然而小咲完全沒有出現，豈止如此，甚至在故事進行到一半時，羅密歐的角色也換人演了。

「好像在綾瀨之後，阿久津也跟著受傷了耶。」「真的假的？真不妙啊。」

跟我一樣在觀賞舞台劇，坐在我附近的學生們剛好說了這樣的對話。

小咲受傷了！我連忙起身離開座位，尋找這間學校的保健室。

如果傷勢很嚴重該怎麼辦呢？我抱著這樣的不安，總算找到了保健室……但好像用不著擔心的樣子。

『如此一來，我也會就此捨棄凱普萊特家！』

雖然不曉得內情，但在保健室裡上演了一場《羅密歐與茱麗葉》。

只有小咲跟原本扮演羅密歐的男學生兩人的公演。就算是我，也沒有白目到會在這時突然闖進去，所以我才像這樣特地從門縫觀賞……不過路過的人們都一臉不可思議地看向我這邊，有點難為情。

總之！小咲看來不要緊，真是太好了。

……不過，小咲剛才的表情真棒呢。

看起來很快樂、很開心，可以感受到她很喜歡演戲，真的十分帥氣。

雖然無論何時，小咲的表演在我看來都很帥氣，但我覺得這次是我至今看過的表演中最帥氣的一次。果然我最喜歡的還是演戲的小咲呢！

『我啊，有一天一定要成為大明星！』

而且還能聽到小咲說出這樣的話，真的太好了……雖然是偷聽啦。

但我也在同時這麼心想：我也得更加努力磨練演技，不斷磨練、拚命磨練。

希望有一天可以在正式的舞台上跟小咲——不，是跟咲一起演出。
我認真地這麼想了。

〇終章

在那之後我還是一樣無償在孩子們面前表演，或是到養老院表演給老爺爺、老奶奶看，持續做著最喜歡的事情。

然後我在畢業前參加了幾場試鏡。與其說這是為了成為大明星，應該說是為了達成我偷偷給自己訂立的小目標。

哎，雖然結果都沒通過，但能久違地抓到試鏡的感覺實在太好了。

就這樣，我持續做著最喜歡的事，從星蘭高中畢業了。

畢業後我跟篤志按照計畫，進入名武大學就讀。我是輕鬆考上，篤志因為腦袋也還算聰明，沒有太大問題就合格了。

關於芽衣他們畢業後的發展，芽衣去上插畫家的專科學校，達也靠推薦上了足球很強的大學，涼香則是為了當美髮師去上專科學校，各自朝不同的道路前進。

最後，關於玲奈……她為了成為好萊塢演員，遠赴美國了。

我心想那夢想真的很符合她的風格。話說回來，什麼「勁敵」啊，妳一個人跑到挺遠的地方了嘛。儘管如此，我還是希望有一天會發生奇蹟，能跟玲奈一起演出。這與其說是目標，不如說現在還只是願望。

進入大學後，我加入話劇社，立刻接受了那位女性劇場導演——朱里小姐的指導。就跟事前得知的一樣，她的指導十分嚴格，在表演上只要出差錯，即使非常細微，也會被狠狠訓斥一頓，所以跟我同年級加入社團的人都接連退社了。然而我並沒有退社。應該說，在人生中試鏡已經落選兩百次以上、曾受到各種毫不留情的批評的我，事到如今不管受到多嚴格的指導都不可能屈服。

儘管如此，一開始的第一年還是總會被迫擔任幕後工作人員。不過縱然是幕後工作人員，我也會從外頭觀看學長姊們的舞台，一心一意吸收感覺能融會貫通的演技。

升上二年級後，我開始有機會演路人角色了。但在同年級當中已經有人在演主角級的角色，讓我有些焦急。然而我心想自己沒有天分和實力，也無法立刻突飛猛進地成長，才要腳踏實地，一步一步磨練演技。

於是在我升上三年級後，我開始有機會擔任配角了。並不是只有一兩句台詞的角色，而是支持著主角的好角色。我拚命反覆練習，把朱里小姐指點我的部分和靠自己思考學會的事情反覆琢磨了無數次，拚命演出了配角。

然後——我迎向了大學的最後一年。

○終章

「咲，妳的狀況如何？」

在後台，一名女性向身穿華麗禮服的我這麼搭話。

我看了過去，只見依櫻佇立在那裡。她也穿著漂亮的禮服。

「這是我第一次演主角，當然是棒呆嘍。」

今天是大學最後一次公演的日子。我在這樣的日子裡首次擔綱主角。

聽到朱里小姐這麼告訴我時，我不禁流下淚水並握拳叫好，做出了像運動選手表現喜悅的反應。我就是高興成那樣。

「就是說啊，棒呆了。我懂、我懂。」

「什麼妳懂啊……不過，依櫻妳今天也是第一次演主角呢。」

我對笑咪咪的依櫻這麼說了。

她在高中畢業後加入了也是職業演員輩出的業餘劇團「火花」。她一邊打工賺錢，同時跟我一樣一開始從幕後工作人員做起，然後拚命努力拿到路人角色，接著又拚命努力拿到配角。就這樣拚命地反覆努力，慢慢爬上作為演員的階梯。

然後今天——名武大學的年度最後一場表演，將與「火花」舉辦聯合公演。

聽說是朱里小姐跟「火花」的團長從以前就是好友的樣子。

在這麼重要的公演中，擔綱雙主演的就是我跟依櫻。
「我壓根兒沒想到竟然會有這麼棒的一天呢。」
「是啊。想不到我們居然會是雙主演。」
或許對有些人來說這並沒有什麼大不了……但對沒有天分和實力的我們而言，這是讓人高興到要跳起來的事。
而且我跟依櫻都因為至今累積的功績開花結果，確定會在幾個月後演出連續劇了。
雖然在連續劇中別說主角，連配角都不是，不過是個有五句台詞的角色。
當然這對我們來說也是高興到感動不已的事。
「咲，妳男友有來看嗎？」
「他已經來嘍。我的朋友和家人也都來看了。」
我瞄了一下觀眾席，只見篤志、芽衣他們、沙織女士、友香、爸爸還有媽媽都坐在一起。好像是在來看我的表演時變熟了。
「依櫻妳呢？妳成功說服妳爸爸了嗎？」
「他還沒有認同……雖然他嘴上這麼說，今天也跟我媽媽還有幫傭香織阿姨一起來看公演了。」
「他說歸說，其實還是很支持妳呢。」

我隱約可以想像依櫻的爸爸大概是怎樣的人，感覺跟媽媽很像。

「欸，依櫻，我之前下定了一個決心。」

「嗯？什麼決心啊？」依櫻很感興趣似的這麼詢問。

她聽了一定會大吃一驚吧——我一邊這麼想像，一邊說了出來。

「我下定決心，如果我能跟妳一起演出，就要再次去追逐夢想。」

四年前。從高中三年級開始，我偷偷給自己訂立的目標。

那就是無論是怎樣的舞台都行，想跟懷抱著相同夢想的依櫻一起演出。我下定決心，如果能達成這個目標，我就要再次去追逐夢想。因為總覺得透過與她一起演出，我才首次有了那個資格再次去追逐曾一度放棄的夢想。

「所以，依櫻！這場公演結束後，我會重新以大明星為目標喔！」

為了讓她感受到我的決心，我毫不猶豫，斬釘截鐵地說了出來。

「太……太好了，太好了呢……！小咲又開始能夠追夢了……！」

依櫻快哭出來似的用顫抖的聲音這麼說道。

等等，又回到那個還是粉絲時的依櫻嘍……真拿她沒辦法。

正當我們像這樣聊天時，擔任幕後工作人員的學弟妹傳來了指示。
「差不多要上場了，依櫻。今天也要賭上一切，表現出最棒的演技。」
「……嗯！要表現出最棒的演技！」
因為我們沒有天分和實力，如果不總是賭上自己的一切來表演，就無法打動人心。我想這是這四年來我們重新學到的最重要的事情。
雖然是一小步一小步，我們正踏實地接近大明星這個目標。
假如失敗要怎麼辦？就算有人這麼問，我們也會這麼回答——
就到時再說吧。我們可以兩人一起創立小劇團，兩人一起繼續做自己最喜歡的事情。
「我們上吧！依櫻！」
「嗯，上吧！咲！」
我們手牽著手，前往舞台上。
這時的我們一定露出了至今最幸福的笑容。

從被困在「模範生」的人生中鼓起勇氣踏出一步的「模範生」。
經歷了好幾次挫折，還是決定要追逐夢想的「模範生」。
這是這樣的兩個「模範生」——「活下去」的故事。

然後，她們一起演出的這齣舞台劇的名稱是——《ELITE》。

「後記」

幸會。以前就讀過我作品的讀者，好久不見了，我是三月みどり。

這次繼《再見宣言》、《有害人物》後，有幸再次執筆Ｃｈｉｎｏｚｏ大人的VOCALOID樂曲小說第三集《精英 ELITE》，實在深感光榮。

這次的作品無論有沒有看過《再見宣言》和《有害人物》的讀者都能樂在其中，希望能觸及更多各式各樣的讀者。

閱讀完《精英 ELITE》後，我只希望各位讀者能產生一個想法。

就是不後悔地「活著」。

還有如果要稍微補充說明，就是有些事情不做會後悔，但沒有事情是做了會後悔的。

我一路活到今天，一直強烈地這麼認為。

我想有些人會因為周遭的人或環境，遲遲無法跨出一步去挑戰新事物。我非常能理解那種心情。

但是，假如在自己的內心有真正想做的事，我個人還是希望各位可以拿出勇氣去挑戰。

「後記」

那麼，最後我想在這邊表達我的感謝。

Ｃｈｉｎｏｚｏ大人，這次也非常感謝您給予本作許多建議！多虧了您讓小咲當主角的提議，我想應該是完成了非常精彩的作品！

アルセチカ大人，這次也十分感謝您可愛到沒話說的插畫！無論是哪張插畫都棒呆了，實在棒到沒話說！真的太棒了！

責任編輯Ｍ大人，感謝您在我執筆時不吝指出許多應該修正的地方。我想這次的作品也是多虧了Ｍ大人的協助，完成度更是提升了好幾倍。

與出版本書相關的各位人士，還有最重要的是購買了本書的讀者大人，我想由衷向各位表達感謝。真的很謝謝大家的支持。

那麼，我衷心期盼將來有機會與各位再相見——

再見宣言

作者：三月みどり　原作／監修：Chinozo　插畫：アルセチカ

YouTube播放次數突破9000萬，
超人氣歌曲改編成青春故事！

只要不會被當就好了，不用天天去上學也沒差。我窩在家裡耍廢，想像著這種平凡無奇的未來。在高中最後一年的春天，我遇見了天真爛漫的妳。理應完全相反的兩人邂逅且互相吸引。在戀愛與實現夢想的天平兩頭搖擺不定，兩人做出的選擇是——

NT$200/HK$67

有害人物

Kadokawa Fantastic Novels

作者：三月みどり　原作／監修：Chinozo　插畫：アルセチカ

Chinozo樂曲小說化第二彈！
描寫上一部作品《再見宣言》的四年後。

因為國中時代的告白，在班上失去容身之處，還放棄了立志成為職業選手的足球，升上高中後也每天窩在家裡打電動。某天自稱桐谷翔的老師來家庭訪問。這位老師也曾有一段時期都沒去上學，然而他有幸遇見了一個人，因而脫胎換骨。我也能跟他一樣嗎？

NT$200/HK$67

國家圖書館出版品預行編目資料

精英 ELITE/ Chinozo 原作 . 監修 ; 三月みどり作 ;
一杞譯 . -- 初版 . -- 臺北市 : 臺灣角川股份有限公
司 , 2023.07
面 ; 公分
譯自 : エリート
ISBN 978-626-352-699-0(平裝)

861.57 112007623

Kadokawa
Fantastic
Novels

精英 ELITE
（原著名：エリート）

2023年7月27日　初版第1刷發行
2024年6月17日　初版第4刷發行

作　　者：三月みどり
插　　畫：アルセチカ
原作／監修：Chinozo
譯　　者：一杞

發 行 人：台灣角川股份有限公司
總　　監：呂慧君
總 編 輯：蔡佩芬
主　　編：林秀儒
編　　輯：孫千棻
設計指導：陳晞叡
美術設計：李思穎
印　　務：李明修（主任）、張加恩（主任）、張凱棋、潘尚琪

發 行 所：台灣角川股份有限公司
地　　址：104台北市中山區松江路223號3樓
電　　話：（02）2515-3000
傳　　真：（02）2515-0033
網　　址：www.kadokawa.com.tw
劃撥帳戶：台灣角川股份有限公司
劃撥帳號：19487412
法律顧問：有澤法律事務所
製　　版：巨茂科技印刷有限公司
ＩＳＢＮ：978-626-352-699-0